Fate/Zero
2
命运零点
人民文学出版社
PEOPLE'S LITERATURE PUBLISHING HOUSE

著作权合同登记号：图字 01-2017-1170

《Fate／Zero（2）英霊参集》

图书在版编目（CIP）数据

命运零点. 2 / (日) 虚渊玄著 ; 刘正仑译. -- 北京 : 人民文学出版社, 2017（2020.8 重印）
ISBN 978-7-02-013405-2

Ⅰ. ①命… Ⅱ. ①虚… ②刘… Ⅲ. ①长篇小说 – 日本 – 现代 Ⅳ. ①I313.45

中国版本图书馆CIP数据核字(2017)第243774号

责任编辑 卜艳冰　李　殷
装帧设计 汪佳诗

出版发行 人民文学出版社
社　　址 北京市朝内大街166号
邮政编码 100705
网　　址 http://www.rw-cn.com

印　　制 上海利丰雅高印刷有限公司
经　　销 全国新华书店等

字　　数 110千字
开　　本 890毫米×1240毫米 1/32
印　　张 7
版　　次 2018年1月北京第1版
印　　次 2020年8月第5次印刷

书　　号 978-7-02-013405-2
定　　价 38.00元

如有印装质量问题，请与本社图书销售中心调换。电话：010-65233595

Fate/Zero 2

In the battleground, there is no place for hope. What lies there is just cold despair
and a sin called victory, built on the pain of the defeated.
The world as is, the human nature as always, it is impossible to eliminate the battles. In the end,
killing is necessary evil-and if so, it is best to end them in the best efficiency and at the least cost,
least time. Call it not foul nor nasty. Justice cannot save the world. It is useless.

卫宫切嗣
艾因兹柏恩家雇佣的“魔术师杀手”

言峰绮礼
猎杀异端的圣堂教会代行者

远坂时臣
以到达“根源”为毕生夙愿的魔术师名门远坂家的现任家主

间桐雁夜
放弃家主继承权而逃离间桐家的男人

爱莉斯菲尔·冯·艾因兹柏恩（Irisviel von Einzbern）
艾因兹柏恩家炼制的人造人，卫宫切嗣的发妻

伊莉雅斯菲尔·冯·艾因兹柏恩（Illyasviel von Einzbern）
卫宫切嗣与爱莉斯菲尔的女儿

韦伯·菲尔维特（Waver Velvet）
隶属于“时钟塔”的实习魔术师，为夺取导师的圣遗物挑战圣杯战争

肯尼斯·艾梅罗伊·亚奇波特（Kayneth El-Melloi Archibald）
隶属于“时钟塔”的精英魔术师，韦伯的导师

雨生龙之介
个性纯真的享乐杀人魔

Saber
骑士王。真实身分是亚瑟·潘德拉贡（Arthur Pendragon）

Archer
英雄王。人类史上最古老的英灵吉尔伽美什（Gilgamesh）在现实世界降临的形体

Rider
征服王。在古代世界独霸一方，古代马其顿王国的伊斯坎达尔王（Iskandar），期望能亲眼看到“世界尽头之海”（*Okeanos*）

Assassin
传说中暗杀者的始祖，山中老人哈桑·萨巴哈（Hassan Saggah）的英灵

Caster
自称为“蓝胡子”的英灵，真实身分是英法百年战争中的法国元帅——神圣恶魔吉尔斯·德·莱斯（Gilles de Rais）伯爵。

Lancer
凯尔特神话（Celtic mythology）的英灵迪卢木多·奥迪那（Diarmuid Ua Duibhne），枪法精妙绝伦的顶尖武者。

Berserker
“狂暴化”的神秘英灵。

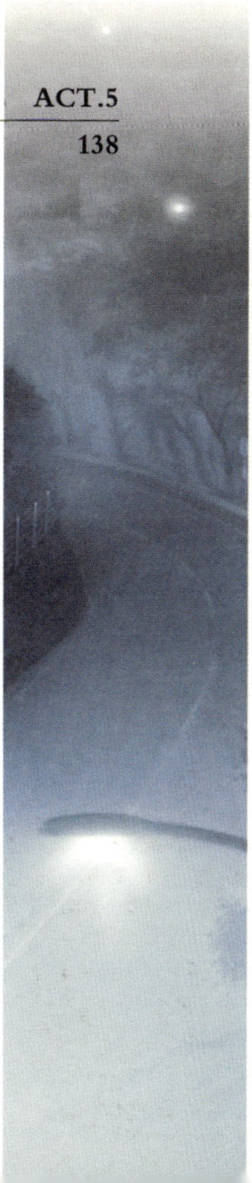

ACT.3

−162：26：29

冬木市新都——

未远川以东的住宅区原本是一片原野，过去在经济高度成长期时发展为新市镇地带。街道市容与原本就拥有悠久历史的深山町大异其趣。现在因为都市计划倡导政府机关与民间一体，想要将原本国有铁路的旧址建设成现代化的商业办公区，所以整座城市还在进行大规模的二次开发。

商业办公预定区的大楼群大约还有四成未建成，但是站前公园以及大型购物中心已经整建完毕。新都干净而冷漠、华美而平凡的未来样貌已经完成。市政设施也逐一移转到新都，重生成钢筋水泥和玻璃打造的现代建筑，取代了深山町成为都市中枢。

假日午后，人潮汹涌。来往交错的行人被北风吹得缩起身子，对擦肩而过的其他人看也不看一眼。卫宫切嗣就这样如同隐形人般，默默地混在人群中缓缓独行。

陈旧的衬衫与外套、两手空空的轻便打扮让人一点都看不出他是来自外地的人。事实上，他是入境后直接来到冬木市的新都的。虽然已经很久没有回来，但日本毕竟是他出生的国家，比其他国家更容易融入人群之中。

切嗣低头看着刚才随意在自动贩卖机买的香烟纸盒，心中五味杂陈。

他已经戒烟九年了。除了因为在遥远的异乡艾因兹柏恩买不到自己抽习惯的香烟，更主要的原因是为了母女俩的健康着想。可是为了做好心理准备，迎接即将正式开始的战争，他在一脚踏上冬木车站月台的时候，还是依照久远前的习惯在自动贩卖机前投入硬币。

切嗣打起精神，在路边经过的便利商店里买了一次性打火机，然后撕开香烟纸包的封口。整齐排列的白色香烟滤嘴让他感到目眩神迷。

他口中叼起一根烟，点起火。一连串的动作熟练利落，一点都不像是将近十年没有抽烟的人。吸进肺里的芳香麻痹感是一种熟悉的气味，好像昨天才品尝过。

“……”

切嗣确实感觉自己的心境正在逐渐转变。他一边再次环顾熙来攘往的街景，一边仔细检视。

他曾经在三年前隐藏身分，秘密来到冬木市探查，但是新都和那时比起来已经完全变样。虽然这早在他的预料之内，但是程度却超出他的想象。看来有必要重新详细调查周边的地理状况。

虽然街区的改变让切嗣折腾了一会儿，但他还是到达了他要找的旅馆。

旅馆大厅与柜台的摆设十分整齐，但这里只是比商务旅馆略好一点的便宜旅宿。这种旅馆的客人从夫妻、亲子到外遇者都有，客层广泛，相当适合作为隐身之处。

切嗣装作对这里很熟悉的样子，直接走过大厅，坐电梯到七楼。他忠心的部下应该在三天前就已经住进 703 号房了。

如果以魔术师世界的说法来形容的话，他与久宇舞弥的关系或许就相当于“师徒”吧。

但是切嗣修习魔术不是为了探求知识，只是把魔术当作一种手段。对他来说，他从不认为双方有师徒关系。他只是把自己知道的所有“战斗手段”全数传授给舞弥，而且这也只是为了让舞弥本身成为这种“手段”的一部分而已。当时他还不知道圣杯的存在，还在为了不可能实现的理想不断重复绝望的战斗。

所以他与舞弥的关系比与爱莉斯菲尔的关系更久。一直与切嗣并肩作战的舞弥甚至知道切嗣从来没有给妻子看过的最血腥的一面。

切嗣依照约定好的节拍轻叩 703 号房的房门，房内的人立刻打开房门，好像早就在等候。两人之间没有多余的寒暄，仅仅彼此交换眼神便结束这重逢的一刻。切嗣不发一语地走进房内，关上房门。

切嗣和舞弥分开并没有很久，即使在他退居二线之后，舞弥仍然依照他的指示，在外地四处奔走，为圣杯战争做准备。切嗣也好几次为了商讨事情请她到艾因兹柏恩城来。

舞弥虽然是一位肌肤白皙、相貌端正的美人，但是她完全不施脂粉。那双修长的双眼总是因为警戒心而露出锐利的目光，使她更添冷漠的印象。有很多男性的目光曾被她如同丝绢般细致的黑色直发吸引，但只要被那双冰冷又锋利的眼光瞥上一眼，任何花花公子都会放弃对她搭讪的念头。

切嗣与舞弥的关系前后已经超过十年，虽然刚认识时她还只是少女，但褪去年幼的外貌之后，她那与生俱来如同刀锋一般犀利的印象便更加鲜明。一般人要是与这种冰山美人为伴，大多会因为精神紧张而觉得疲劳，但切嗣完全相反。舞弥是一位实事求是的女性，有时候能够做出比切嗣更正确、更冷酷的判断。在她身边，切嗣不会以自己的卑劣为耻，更不会憎恨自己的冷酷。这也算是一种心灵上的安宁吧。

“昨天晚上远坂家有动静了。”

舞弥开口第一句话就切入正题。

“画面已经记录下来，请你确认。另外，所有装备品都已经到了。”

“知道了，先了解状况吧。”

舞弥点头，把一台连在房内配备的电视机上的译码器打开。

切嗣传授的诸多魔术当中，舞弥在操纵低级使魔方面展现出优秀的才华，因此切嗣常常指派她担任侦查任务。这次早在他入境日本之前，就已经命令舞弥监视远坂家以及间桐家。

舞弥最擅长操纵的使魔是蝙蝠，但是她操纵的蝙蝠与一般魔术师不同，而是在腹部上挂着微型摄影机的蝙蝠。这当然是切嗣的主意，魔术师的幻术多是利用暗示欺骗观察者的视觉，却往往对电子仪器疏于防范。录像画面有利于事后检证，虽然照相机使得使魔动作迟缓，但除了这项缺点，两者并用还是能发挥很好的效果。

在十三英寸屏幕中显示出昨晚在远坂家发生的一切。虽然影像不甚清楚，但是足以确认发生了什么事。切嗣面不改色地看着面戴骷髅面具的从灵在毫无反抗的状况下，遭受黄金从灵的蹂躏而消灭。

被杀的从灵脸上戴着白色面具，那正是Assassin属性的象征。

“你怎么看这件事？”

“我认为这一切发生得太顺利。”

舞弥马上回答切嗣的问题。

“从 Assassin 现出实体到远坂的从灵展开攻击，前后的间隔太短，就像事前准备好，等着对方上门一样。如果一开始就察觉到有人化为灵体入侵的话，或许还能解释。但是我不认为拥有隐蔽气息技能的 Assassin 会这么容易被人发现……我认为远坂可能早就已经知道会有入侵者袭击。”

切嗣颔首。不愧是自己一手教出来的人，舞弥分析出来的结果和切嗣相同。

“这么一想，我越来越觉得这段画面莫名其妙。如果远坂有余力能够进行埋伏，为什么还白白让其他人看到自己的从灵。”

远坂家历经过第二次、第三次圣杯争夺。召主理应对圣杯战争十分了解。不可能不知道己方阵地的远坂宅邸已经受到其他召主的监视。

但远坂时臣明知如此，还是轻易让从灵在庭院里现身。照一般的想法来看，这种做法简直愚不可及。

圣杯战争就是过去名动天下的英灵彼此决斗。而在英雄流传下来的许多故事当中，还包括了该英灵的战术模式、长处与缺点等情报。换句话说，英灵们的底细是一开始就摊在阳光下的。

因此在从灵战中，隐藏英灵的真实身分变成一项铁则。所有英灵都以属性命名，而不以真名称呼也是考虑到这一点。

远坂昨天晚上主动把英灵的外貌与疑似是宝具的攻击方法两点线索透露给其他召主知道。虽然这两条线索还不至于让这名从灵的真名曝光，但这样的风险还是应该避免才对。只要将 Assassin 引到宅邸内再动手，就不会让任何人看见。

“原本可以不被他人看见的事情却不加隐瞒。也就是说，他一开始就有意让别人看见？”

对于舞弥点出的意见，切嗣又点点头。

“应该是这样。做这种事究竟对谁有利？只要想到这一点，答案自然就会浮现出来……舞弥，Assassin的召主情况如何？”

“他昨晚到教会避难，监督者已经宣布将他纳入保护。听说是一个叫做言峰绮礼的男人。”

一听见这个名字，切嗣的眼神中浮现出冷冽的杀意。

“舞弥，派遣使魔到冬木教会，先派一只就好了。”

“……这样好吗？召主应该是禁止干涉教会的不可侵犯地带。”

“让使魔在不被监督神父发觉的最近距离来回晃晃。不必花费心力控制，只要有空的时候操弄两下就好，事实上你什么都不用做。”

舞弥的秀眉微蹙，切嗣的指示让她感到不解。

“难道不是要监视教会吗？”

“只要假装在监视就可以了。要注意藏好使魔，千万不要被看破。”

“……是，我知道了。”

虽然不了解切嗣的意图，但舞弥对他没有任何质疑。她马上对此时还守在远坂家的三只蝙蝠中的一只传送思念波，命它飞往新都郊外的冬木教会。

切嗣关掉电视机，接着开始检查舞弥所准备的装备品。

许多物品整齐排列在床单上，等着切嗣检查。这些装备没有一件与魔术师有关。没有短剑或是杯子等祭具；也没有护符、仙草或是灵石之类的法器。放在床上的物品每一件都是精挑细选的最新型高科技产品。没有任何一件带有魔力。

这正是人称“魔术师杀手”的异端魔术师——卫宫切嗣特有的作风。

魔术师这种人最大的弱点往往是因为傲慢心态而造成的粗心大意。他们深以为除了神灵之外，只有同为魔术师的人能够威胁自己。

所以魔术师在战斗中对魔术气息极其敏感。无论敌人想用什么魔术都必须在对方使出之前察觉，因此他们认为感应魔力的能力以及滴水不漏的抗魔术对策才是制胜的关键——这对所有的魔术师来说都是牢不可破的战斗原则。

这种想法导致魔术师轻视不依赖魔术的纯物理性攻击，把它们当作次等威胁。无论是锋利的刀刃还是火力强劲的枪炮，只要没有打进自己的身体都不足以畏惧。而在那之前，魔术会利用幻术、麻痹或是防护结界等方式将那些低俗的攻击手段全数瓦解。

但是魔术师们太小看所谓的科学技术了。多数魔术师都不了解人类不靠魔术的力量可以办到多少事情。

敌人无法预料的攻击才是所有战斗中制胜的捷径。切嗣历经了与许多魔术师激战之后，得到一套公式——魔术师面对不依靠魔术的攻击时更容易露出破绽。

把冬木的圣杯战争套用在这个公式当中求得的解答，就是舞弥准备的这一整套装备品。其中最吸引人目光的就是横躺在床单中央，一挺散发出枪油气味的步枪（Rifle）。那是集合匠工巧技与最新电子技术，以最凶猛的型态结合而成的艺术品。

步枪的主体是Walther WA2000半自动狙击枪。虽然全长只有九十厘米左右，以步枪来说算是比较袖珍，但是由于枪身采用犊牛式构造，将弹匣以及枪膛配置在枪把后方，因此实际上枪身长度将近有六十五厘米。使用点300 Winchester麦格农弹，有效射程达到一千米以上。是现在世界上最高级、性能最好的步枪。因为一挺要价高达一万二千美元，因此仅仅生产了一百五十四挺。切嗣眼前的就是其中一挺。

为了取代原本标准规格配备的Schmidt & Bender公司制瞄准镜，切嗣特别订购能够同时装设两支瞄准装置的特制瞄准器底座（Scope Mount），在枪身正上方以及左侧斜面并列架上了大型光学瞄准镜。

两支瞄准镜中最主要的是美军最新锐的设备AN/PVS04夜视瞄准镜。这种瞄准镜就像是超高感度的摄录机，利用电子仪器强化射入物镜的少许光线，大幅提高画面亮度。在月光下能够用三点六倍的倍率看到五百米外的视野，即使只有零星的星光也能看到四百米左右，堪称“电子鹰眼”。这种美军的最新装备为了防范技术泄漏，本来是禁止输出给外国的。

另外装在一旁作为辅助的是Specter IR热感应瞄准器。这也是为了在夜晚保持视野清晰的电子装置，只不过这个装置不是增加亮度，而是捕捉被视物体的热影像，显现在画面上。能够以一点八倍的倍率探测前方二百米从摄氏零下五度到六十度之间的温度变化。

切嗣已经发现启动魔术回路会让施术者的体温产生变化，经过长久的研究以及锻炼之后，现在他已经能够从热影像的热分布图解读魔术回路的状态。不仅可以分辨常人与魔术师，甚至能够看穿魔术师释放魔力之后的破绽。切嗣特地装两支又重又占地方的夜视镜不只是为了夜间战斗，同时也是考虑到对抗魔术师才如此配置的。

虽然因为日新月异的技术革新，夜视瞄准镜本身的体积年年缩小，但还是如矿泉水瓶般，比一般的光学瞄准器还要大上许多。在设计尺寸比较小的枪支上架两支巨大的瞄准器，模样看起来实在极不搭配，甚至还有些笨拙。算上枪支本身的重量，总重量超过十公斤，早就已经不像一般的狙击枪，根本可以算是一种班用支援武器了。就算是重装备，重到这种地步的话也会影响实用性，可是切嗣还是认为这样搭配是最好的选择。

这挺夜视狙击枪的性能确实比不上魔术。只要使用魔术的话，可以更加清楚透视黑暗，捕捉敌方魔术师的位置。但是切嗣利用这挺狙击枪，能够在不散发出一丝魔力的情况下从远距离狙杀敌人。

从敌人感觉不到任何魔力的黑暗彼端几百米远之外进行攻击——对职业军人来说，这种可能性算不上是什么奇怪的事情，可是有很多魔术师在这方面的经验与一般平民百姓无异。虽然魔术师涉足超越人智的神秘世界，但是他们鲜少人知道自己实际上被局限在一个狭小世界的刻板观念之中。

切嗣从床上把超重量级的狙击设备抱起来，检查枪栓的滑动流畅度以及扳机的松紧程度，确认枪支是在最佳状态之下。

“我已经把准心归零在射程五百米，需要确认一下吗？”

“不，没关系。”

如果可以的话，切嗣不只要确认瞄准状况，他还想进行试射以掌握射击的感觉。不巧的是日本是法治国家，想要试射枪支可不是一件容易的事情。圣杯战争已经揭开了序幕，说不定今天晚上就需要用到这支枪，不过他完全相信舞弥的工作能力。

除了 Walther 狙击枪之外，还有一挺步枪。那是为了让舞弥在前哨进行斥候任务时使用的 Steyr AUG 突击步枪。这挺步枪也和切嗣使用的狙击枪相同，已经换成夜视瞄准器。不过除了瞄准器之外，其他都是标准规格配备，所以重量不到五公斤。

另外两人还准备了两支 Calico M950 冲锋枪当作备用武器。与大型手枪相去不远的小型尺寸以及处处可见利用强化塑胶的外表，让这支枪与 Walther 狙击枪相比之下就好像是玩具枪一样。但是这种枪能够在称为 Helical 式的特殊螺旋形弹匣中装填五十发九毫米军用弹，射速每分钟七百发，是一种非常凶猛的武器。

其他还有手榴弹、震撼弹（Stun grenade）、烟雾筒，还有一整包 C4 塑胶炸弹。舞弥依照切嗣在北方遥远之地发出的指示，把所有装备品全部一一搜集齐全——可是在切嗣冷漠无表情的眼神中还看不到满意的神色。

“之前交给你的东西在哪里？”

“……在这边。”

舞弥从衣柜深处小心翼翼地捧出一个紫檀木盒。原本就不苟言笑的美貌此时因为心中的敬畏，看起来更加严肃。

切嗣接过舞弥递出的盒子，放在床边的桌子上，用熟练的手法打开盒盖。

放在床上的诸多武器都是为了今天这个日子新准备的。这些利用艾因兹柏恩的庞大财力所搜集到的武器确实都是极为贵重的最新型装备，但只要有足够的资金以及适当的渠道还是可以轻易到手的，并没有什么特别之处。

可是这一支长久以来一直在紫檀木盒中沉眠的手枪却不是金钱可以买到的。这支枪是切嗣以前在许多战役中惯用的武器，九年前退隐的时候交与舞弥保管。全世界只有一支，专门为了切嗣一人制作的枪。

真要说起来，那些砸下大笔钞票搜罗的高科技设备是“魔术师杀手”卫宫切嗣的武装。可是“魔术师”卫宫切嗣的武器则另有他物，与那些武器不同。那就是“礼装”——魔术师为了施行魔术迎战敌人所使用的武器。

Contender。由胡桃木切削而成的握把以及前护木上长达十四英寸的枪身让人联想到一柄收在皮鞘中的短剑。如果要说哪个零件像手枪，就只有扳机以及击槌而已了。外观极为简朴，既没有转轮也没有枪栓，与中世纪末期的击发式手枪很类似。

Contender 实际上是单发手枪，在中折式的枪膛中只能装填一发子弹。这种枪本来是射击竞技中使用的运动用枪，切嗣用的这把枪是换过枪身的猎枪式样，能够使用狩猎用步枪的大口径子弹。不只如此，为了使用“魔弹”，他还在膛线以及撞针用魔术做过处理。

这支枪使用的是点 30-06 Springfield 弹。瓶颈状构造的步枪子弹在大小尺寸与威力上本来就不是手枪子弹能比得上的。比起大型军用步枪的点 308 Winchester 子弹，点 30-06 的威力还高出一成左右，甚至凌驾于 Hand Canon 等级的麦格农弹。以随身携带的手枪来说，这种子弹的火力可说是过于强大了。

但是这支枪真正的可怕之处不是在于火药与弹头所产生的物理性破坏力。

木盒中有一套与枪支摆在一起的专用子弹——现在还剩下十二发的子弹在铅制的弹头芯里封着切嗣从自己骨头上取出的骨粉。当这枚“魔弹”带着切嗣的魔力击发出去的时候，就会将魔术师切嗣的“起源”打进对方体内，简单说来就是一种拟似概念武装。

魔术师对魔术太过执着就会忽略科学技术……这种说法毕竟只是一种倾向，换句话说就只是一般性理论而已。或许世界上大多数的魔术师的确都会被夜视装置或是热感应瞄准镜之类的手段打破罩门而落败。可是有些例外无法用一般经验应对，对普通魔术师适用的一般性理论要是遇上更加诡奇的魔术师就会失去效用。切嗣把这种对手称为“强敌”。

如果遇上谋略无法打倒的“强敌”——这时候切嗣只能以一名魔术师的身分，利用他习得的所有秘术加以对抗。届时这支 Contender 将会成为切嗣唯一，也是最强有力的獠牙。

切嗣一边让心中的时间倒流，一边从盒内取出 Contender。吸了切嗣无数手汗的胡桃木枪柄和他的掌心与手指紧紧贴合，即使过了九年的空白时间，握起来仍然非常称手。

这种一体感让人分不清究竟是手掌握着枪柄，还是枪柄让手掌握着。只要手指轻轻出力，整支枪感觉就和手骨融合在一起，仿佛成为手腕延长的一部分。

他用食指一勾扳机护弓下的勾铁，解开枪膛锁，往前放倒枪身。将一发同样从盒子中取出的魔弹装入打开的枪膛内，接着手腕一翻，让枪身弹起关闭枪膛。如此一来，枪支本身加上子弹的重量总共是两千零六十公克，这是切嗣右手最习惯的手感。

切嗣对这支凶器的触感是这么地熟悉，一点都没有久未接触的感觉。他的胸口中涌起一阵酸苦。

自己的双手究竟是否同样也能够如此清楚地回忆起妻女的感触呢？

她们柔滑的脸颊，纤细的手指。切嗣到底还记得多少？

切嗣用左手从盒中取出另一发子弹，实际演练一次自己双手已经熟稔的填弹程序。

打开枪膛、用指尖勾住弹壳底部的凸缘，把子弹抽出来。反手将第二发子弹装进枪膛后立刻弹起枪身，关闭枪膛。

所需时间将近两秒，杂念让手指的利落度变得迟钝。

“……真是退步了。”

“是的。”

舞弥毫不客气地首肯，回应切嗣自嘲的低语。她很清楚自己的搭档从前有多少能耐。

切嗣从枪膛取出子弹，也拾起弹落在地上的另一发弹药。将两发子弹与 Contender 再次放回盒中。

“伊莉雅的体重比那支 Walther 还轻，她都已经快要八岁了……”

切嗣喃喃自语，吐出心中的苦闷之意，他的意志力已经完全松懈下来了。舞弥从背后绕到他面前，踏进他的怀中。一连串动作让切嗣完全来不及反应。

舞弥迅速伸出的两只手臂有如长蛇般缠上切嗣的脖子，扣住他的后脑勺。柔软而干燥的双唇封住他动弹不得的唇。

切嗣感受到一阵女性气味与触感，与那道紧紧揪住自己胸口的身影类似，却又不一样。这种行为的效果十分显著，无情地斩断男子心中的乡愁。

“……现在你只要把注意力放在必要的事情上。请不要去想其他多余的事。”

舞弥嘶哑的声音中还带有撩人舌尖动作的余韵，轻声细语地警告切嗣。

“……”

切嗣无言，他感到心中的情感逐渐冷却。在他冰冷的心中，痛楚已经既遥远又模糊。

舞弥就是这样的女人。把以前在战场上捡到的少女教导成这种女性的人不是别人，正是切嗣自己。

让卫宫切嗣这部机器运作更加机械化的辅助器具，这就是久宇舞弥。切嗣要打赢这场战争所需要的最后一项武器……正是这个女人。

−162：27：03

正当卫宫切嗣与久宇舞弥在新都的便宜旅馆会面的时候，距离冬木市最近的 F 机场，有一架沃拉雷·意大利（Volare Alitalia）航空公司由德国起飞的包机降落在跑道上。

虽然同样都是冬天，但是日本的寒冷完全比不上艾因兹柏恩城的严寒。爱莉斯菲尔抬头仰望午后柔和的阳光，觉得心情变得轻快许多。

“这里就是切嗣出生的国家……”

真是一个美好的地方。虽然爱莉斯菲尔已经从照片或其他方式得到一些日本相关的知识，但是亲身感觉到的空气还是让她深有感触。

轻快的不只是心情。她假扮成旅客前来日本，身上穿的不是平常在城中所穿的礼服。她尽可能准备了符合一般市井生活的外出服装。换上平底长靴和膝上短裙的轻便装扮让她觉得动作轻巧，好像整个人都焕然一新。

艾因兹柏恩家长久过着隐居生活，已经遗忘外面世界的种种常识。他们所认知的“平民服饰”早就已经和平民大大脱节了。丝质衬衫、过膝长靴、饰以雪狐皮毛的轻便外套，无论哪一件都只能在精品店的橱窗里才能看到，一看就知道质地与款式不同凡响。如果没有时装模特儿的身段，根本没办法穿上。但是爱莉斯菲尔天生具有高雅的气质，加上后天的良好教养，这些衣服穿在她身上再适合不过，衬托出她柔滑如流水般的银色长发与姣好的容貌。

别看她一身华丽，其实爱莉斯菲尔已经在艾因兹柏恩家的基准范围内，尽量注意自己在市街上的伪装。但是像她这样出众的美女想要完全融入人群中终究还是不可能的。

“怎么样，Saber？你对这次空中旅行的感想如何？”

爱莉斯菲尔先一步踏上跑道，对着跟在她身后步下舷梯，身材娇小的从灵问道。

“我没有什么特别的感想，坐飞机并没有想象中那么有趣。”

Saber说的是实话，她那双翡翠色的眼眸平静无波。

“真是可惜，我还以为你会觉得惊讶又感动呢。”

“……爱莉斯菲尔，你该不会把我当成原始人看待吧。”

Saber不满地皱起眉头。爱莉斯菲尔对她露出天真的微笑，不好意思地说道：“该不会只要成为英灵，连在天空飞都不算什么难事了吧？”

“也不是这样。可是我以从灵的身分现世，已经获得关于现代的知识……再说我的属性是Saber，具备骑乘技能。如果有什么万一的话，我也能够驾驭这台叫做飞机的机械。”

听Saber若无其事地说道，爱莉斯菲尔惊讶地睁大双眼。

“你知道怎么操纵吗？”

“应该没问题。因为我的骑乘技能适用于所有坐骑。只要能跨上鞍，握住缰绳的话，接下来只要靠直觉就能够应付了。”

Saber的表现方式让爱莉斯菲尔忍不住笑了出来。Saber并没有看到飞机驾驶舱是什么样子，当她坐进没有马鞍与缰绳，只有一大堆仪表的控制室，不知道会有什么样的感想呢？

不过Saber对于技能的说明应该所言非虚。Saber属性的骑乘技能号称能够操纵除了幻兽、神兽以外的所有骑乘物。必要的话，她一定可以使用汽车或是机车等文明利器。

“但我还是觉得有一点遗憾呢，因为你可能是唯一一个亲身坐过飞机的从灵吧。”

“……这一点我觉得很抱歉，都是因为我太没用了。”

“啊，没关系——你不必在意，我不是那个意思。”

外来的召主们当然必须依靠某些方式来到日本。但是像爱莉斯菲尔这样与从灵两人假扮成旅客，一起乘坐客机却是很特别的案例。

原因在于Saber。她虽然是英灵，却有一些其他从灵没有的限制。其中影响最深的就是她无法化为灵体。从灵可以解除实体高速移动，或是在休息时化为灵体以降低召主的魔力消耗等等。但是Saber却没有这些一般从灵应该具备的基本能力。这并不是切嗣的契约或是召唤方式有什么不妥当之处，好像是因为英雄阿尔特利亚的魂魄成为从灵的条件与其他英灵不同……爱莉斯菲尔自己也不太清楚详细情况。

最麻烦的问题是Saber无法隐形躲过众人的耳目，隐藏自身的存在。总不能穿着现世时的铠甲在外面走动，只好让她打扮成人类的模样，穿上现代服装与爱莉斯菲尔同行。

但是，如果只谈到服装打扮的话，爱莉斯菲尔反倒很中意Saber这项限制条件。

“能够和Saber两个人一起旅行，我觉得非常高兴。因为再怎么看你都觉得看不腻。”

“爱莉斯菲尔，有什么奇怪的吗？”

“没什么事，别在意。”

爱莉斯菲尔转过头去，不让Saber看见自己笑开了的表情。看到她这样子，Saber越来越觉得可疑，眯起眼睛说：

“……每次当你这样笑的时候，就代表一定有什么含意。希望你能老实告诉我是什么事。”

“我在想，你不能灵体化也不完全是一件坏事。多亏你不能变成灵体，才让我享受到帮你挑选衣服的乐趣。”

“……”

Saber叹了一口气。不能化为灵体的限制是一种严重的缺陷，原本就算被召主痛骂一顿也不足为奇。有人喜欢这一点缺陷已经不是Saber所愿，现在还得反过来告诫主人不可以拿这来说笑，根本就是本末倒置了。

“爱莉斯菲尔，我这身打扮真的能够融入这个时代的人群中吗？”

“嗯……应该吧。我也是第一次到这个国家来，也觉得有一点不放心。”

如果有一个具有日本一般庶民意识的第三者在场，那个人肯定会对爱莉斯菲尔的观点有意见。

爱莉斯菲尔在出发前特地为Saber量身定做了一套现代服装，在法兰克福机场的经销店取货。那是一件藏青色的礼服衬衫，搭配上一套领带与法式欧风的深色西装。完全是男装打扮了。

一位身高一百五十五厘米左右的少女穿上这套衣服想必非常奇怪又好笑——但穿在Saber身上却不是这么一回事。

那不是所谓男装美女的倒错式美感。Saber的美貌是由一种冷硬的英挺气质所衬托出来的，与女性的美色完全不同。她的男装打扮就像是一位超凡绝俗的美少年，纤细的身躯以及与粗犷胡须无缘的细白肌肤让人直觉联想到还不具有成熟男性魅力的纯洁少年。

“我选了一件能和我的打扮匹配的衣服，Saber 不喜欢吗？”

“不，不是不喜欢。这套衣服活动起来也很方便，而且我从以前就穿惯男装了。”

Saber 固然必须换掉那身铠甲，但是早在治装阶段开始，爱莉斯菲尔便彻底以自己的兴趣为导向，这一点怎么解释都没用。

从货仓卸下的行李全部交给与两人一起搭机前来的女侍们处理，爱莉斯菲尔与 Saber 两手空空地走向海关。女侍们不会与她们同行，将行李送往艾因兹柏恩位于冬木市郊森林中的别邸之后就会直接回国。这次的圣杯战争中，爱莉斯菲尔不打算留人在身边服侍，没必要让无辜的人卷进不必要的危险中。只要有心，身边的诸多杂事她可以自己一手包办。而且最让她感到放心的是有 Saber 这位强力的伴侣陪在自己身边。

两人顺利办完入境手续，旋即来到机场大厅。一路上虽然没有耗费太多时间，可是刚才入境官员们的态度——所有职员看到爱莉斯菲尔与 Saber 的时候都吓了一跳，睁大眼睛，没有一个人例外。这让她们两人一开始就感到一阵难以言喻的不安。

“问题果然是出在……我的服装上吗？”

Saber 察觉在大厅来来往往的每一个人都在注视自己，尴尬地低声说道。

“这个嘛，可能是有一点太惹眼了……”

爱莉斯菲尔也只能露出苦笑。事实上吸引这么多目光的原因也有一部分在她身上，因为她们两人都有着惊为天人的美貌。那身特别的服饰虽然很奇异，但糟糕的是穿在两人身上反而十分相衬。周围的注视眼光不是惊讶，而是欣羡。

“——我们走吧，Saber。想太多也没有用。”

爱莉斯菲尔说道。抓住低着头，表情难堪的 Saber 的手。

“难得到日本来。战斗开始之前，我们一定要好好享受一番才行。”

“不，爱莉斯菲尔。这不是享不享受的问题……”

Saber 支吾着。爱莉斯菲尔半强迫地拉着 Saber 的手，蹦蹦跳跳地踏着轻快脚步往出租车乘车处走去。不晓得为什么，Saber 觉得她的表情充满前所未见的勃勃生气，神采奕奕。

× × × × × × × × ×

当两人到达冬木市时，午后时间已经过了大半，再过不久夕阳就会染红西方的天空。

“好热闹喔……”

两人在站前公园的广场下车，置身于傍晚时刻行人熙来攘往的热闹街道。爱莉斯菲尔兴奋不已，说出自己的感想。

但随侍在她身边的 Saber 却像是一位勘查战场地形的指挥官，带着锐利的眼神环顾四周。

“切嗣应该已经到达这里了吧？”

“嗯。他预计比我们早半天到。”

为了隐藏自己的行迹，切嗣从入境的时候开始就与爱莉斯菲尔和 Saber 两人分道扬镳，走另一条路。他应该已经先转机在大阪国际机场降落，再乘电车来冬木市。

“我们不想办法和他会合吗？”

“不要紧，他应该会找到我们。”

虽然没有表现在表情上，但是Saber心中对切嗣与爱莉斯菲尔这种没有计划的行动方针感到有一点讶异又无奈。

“我们之后的计划呢？”

“……暂时就静观情况如何变化，再采取弹性措施临机应变吧。”

“我们什么都不用做吗？”

“是的。”

Saber略有不满。爱莉斯菲尔则露出俏皮的微笑，模样看起来有些孩子气。

“可是这样太浪费时间了，难得大老远跑到这里……”

爱莉斯菲尔笑盈盈地看着周围的街景，很自然地迈开脚步。她的步伐稳健，没有一丝犹疑，旁边的Saber赶紧跟上前去。

“发、发现敌人从灵的踪迹了吗？”

“没有啊，怎么可能。”

爱莉斯菲尔若无其事地身子一转，用恳求的眼神看着自己的同伴。

“Saber，机会难得，我们好好参观这座城市嘛，我想一定会很好玩的。”

“……”

爱莉斯菲尔意外的要求让Saber一呆，可是她很快便正色道：

“爱莉斯菲尔，千万不可以大意。我们既然已经踏上了冬木的土地，就要做好准备防范敌人，圣杯战争已经开始了。”

“是啊，这时候就要依靠 Saber 了。如果有从灵在附近，你应该可以凭气息察觉到，不是吗？”

“这……你说的是没错。”

不管是灵体还是实体，从灵之间都能借由气息感觉到彼此的存在。当然个人的侦察能力有高低，其中也有像 Assassin 那样拥有特殊能力的从灵，能够消去自己的气息。

“依照我的能力，顶多只能感测到半径二百米的范围。而且这还只限于对方正在使用某种能力的情况下。”

“是吗……既然这样，现在应该没有想要对我们不利的从灵吧？”

“是的，可是……”

“那么我们就主动出击，四处走走把他们引出来吧。反正本来就不知道要上哪里去找。”

原来如此，为了寻找不知身在何处的敌人，采取诱敌战术刻意在街上晃荡也不失为一种策略。这种方式虽然颇为大胆，但是 Saber 的搜索能力并不突出，想要主动寻找敌人的话也只能这么做。反正不能灵体化的 Saber 本来就没办法进行隐密性的谍报行动。

虽然 Saber 同意这个想法，但她还是觉得爱莉斯菲尔的动机不纯。不对，想来想去她都认为爱莉斯菲尔只是想游山玩水才开口征求自己的同意。

“爱莉斯菲尔，我们还是应该先找个地方落脚，然后和切嗣会合，再好好计划今后的策略才对。这座城市的郊外不是有艾因兹柏恩准备好的城堡吗？”

“有是有啦……可是……”

这次轮到爱莉斯菲尔支支吾吾了，她似乎也知道自己选择的行动缺乏危机意识，有些轻率。Saber 察觉事情有异，又开口问道："你为什么这么想要参观这座城市呢？"

"我……是第一次来。"

爱莉斯菲尔变得有些软弱，微微低着头回答道。Saber 叹口气，语气中带着半分无奈。

"——你也知道，我是受到圣杯召唤之后才得到这个世界的知识，当然也是初次认识这块即将成为战场的土地。爱莉斯菲尔，这里不是什么大都市，也不是观光胜地，应该没有什么特别值得一看的地方。"

"不，不是这样的。我不是这个意思——"

爱莉斯菲尔像个小孩似的，一个劲儿地坚决抗拒，却又说不出个所以然。她犹豫了好一阵子，才说出实情。

"我……是第一次到外界来。"

"……什么？"

Saber 无法马上理解她的意思，愕然回问。

"我的意思是……这是我有生以来第一次到外面活动。"

"那么你……之前的人生一直都在那座城堡里？"

爱莉斯菲尔很困窘地垂首，轻轻点头。

"大老爷他老人家以前也说过，我只是为了这场圣杯战争而制造的人偶，不需要到外面走动。"

Saber 以前身为阿尔特利亚的人生也不算多美满。

但眼前这位女性如果真的从出生之后就一直关在那座冰封的城堡中，过着有如笼中鸟的人生，教人如何不同情她？

"当然我并不是什么都不知道。特别是切嗣出现之后，他告诉我很多外面世界的风景和风土民情。比方说纽约、巴黎等等，在世界各地有形形色色的人过着不同的生活。当然还有关于日本这个国家的事情。”

爱莉斯菲尔带着歉意一笑，怜惜地看着周围的人。

“可是……这是我第一次真正亲眼看见这个世界，所以觉得好高兴。我好像有点兴奋过了头，得意忘形，对不起。”

Saber 静静点头，然后默默地朝着爱莉斯菲尔伸出自己穿着深色西装的纤细手肘。

“……Saber?”

“我自己也是第一次在这座城市逛街——可是护卫淑女是骑士的职责所在。虽然力有未逮，但是我会尽量努力。来。”

“谢谢你。”

爱莉斯菲尔的眼神中充满着开朗的喜悦神情，伸手勾住 Saber 的手。

距离黑夜降临，还有好一段时间。

×　×　×　×　×　×　×　×　×

即使身处繁华的市区当中，Saber 与爱莉斯菲尔这一对组合仍然相当抢眼。

年轻女性充满不凡的气度，闪闪发亮的银色长发配上克什米尔羊毛外衣的打扮看起来不但不会太过奢华，反而浑然天成。还有一位随侍在女士身边，让她勾着手的美少年。一般人如果不是参加电影明星们星光云集的鸡尾酒会，根本不可能有缘一见如此天造地设的一对。

这种只存在于电影银幕中的美丽幻影竟然在日本地方都市的街道上悠然漫步，路上的每一个行人都刹那间停下脚步，睁大双眼。

缓步而行的两人之间既没有亲昵爱侣的柔情蜜意，也没有观光旅客的惊叹连连。她们只是置身于人潮的流动中，悠然地随意漫步而已。有时候她们会忽然停下脚步，看着夕阳映照下闪耀着的大楼玻璃窗或是橱窗内的展示品，快乐地欣赏这些无关紧要的事物，却完全不曾光顾店家购物或是走进咖啡店里小憩。

两人好像谨守自己身为局外人的本分，虽然融入人声嘈杂之中，但总是保持一定的距离，安分地看着城市的活动。

冬天低垂的太阳不知何时已经隐没在山陵的另一端，夜幕笼罩的市街开始展现出不同的风貌，色彩缤纷的灯饰闪闪烁烁，让爱莉斯菲尔为之陶醉叹息。

世界上一定还有很多城市的夜景比冬木市这里更加美好吧。但是对爱莉斯菲尔来说，现在她所看到这片夜景，这份感动才是她第一次获得的珍贵宝物。

“真的好漂亮……有一大群人在这里生活，夜晚竟然就会变得这么耀眼……”

爱莉斯菲尔感动不已，低声说道，Saber 也默默点头。这个世界与 Saber 原来生活的世界相隔甚远，她对在这里初次看到的风景也不是毫无感触。只是 Saber 表面上看起来虽然怡然自得，实际上还是绷紧了神经，注意四面八方。

这里已经是战场了——这样的想法还是不变。

Saber 的搜索能力绝对称不上优秀，而且在不同的情况下，到处徘徊的 Saber 也有可能被敌方从灵先一步发现。虽然她不认为有人会在众目睽睽之下公然动手，但是现在的状况确实随时随地都有可能遭受奇袭。

即使如此，她并没有责怪爱莉斯菲尔，而是顺从她希望尽情享受片刻自由时光的愿望。因为她对自己的剑有绝对的自信心。

她接受召唤成为冬木圣杯设下的属性当中最强的剑座英灵。在近身战当中，没有任何一位从灵能够凌驾在她之上。无论开战时的状况有多么不利，她都有自信能够披荆斩棘，打开一条活路。

就算遭到奇袭也无妨，她会光明正大地迎战，逆中求胜，消灭对方。想要对她玩弄策略的奸佞之辈，她会让他们知道剑士属性绝对不是好惹的。

“……Saber，接下来要不要去看看海？”

爱莉斯菲尔掩不住脸上的兴奋神情，开口问道。男装少女微笑点头，她不会让爱莉斯菲尔察觉自己紧绷的情绪。

Saber 发过誓要保护爱莉斯菲尔，所以她也要保护爱莉斯菲尔此时正在享受的这份喜悦，这是身为一名尊贵骑士的坚持。

走过横跨未远川的冬木大桥，来到对岸的桥下，有一座面积广大的海滨公园。

夜已深了，两人走在已经没有人迹的寂寥步道上。海上吹来的北风不受阻挡，直接吹遍整座公园，将爱莉斯菲尔的银色长发撩起，有如流星的银色尾巴。如果是夏天，现在可能还会有一些情侣在这里约会。冬天夜晚的寒冷则让人不敢靠近这里一步，但是第一次看海的爱莉斯菲尔早就已经习惯的故乡严寒。她一点都不在乎。

“这里应该白天时来看的……”

一边望着夜晚黑漆漆的海面，Saber一边怀着歉意说道。可是爱莉斯菲尔丝不以为意，凝望着消失在黑暗当中的海平面。

“没关系。晚上的海也很漂亮，好像一面映照出夜空的镜子一样。”

爱莉斯菲尔满脸笑意，侧耳倾听一波又一波来来去去的浪潮声。今天一天的散步似乎让她很开心，白皙的脸颊有些红润。她的笑靥仿佛年轻少女般纯真无邪，一点都不像已经有了孩子的有夫之妇。

“身边有一位男士陪伴着在陌生的城市逛街，这种经验竟然会这么快乐——真的让人意想不到。”

“陪着你的只是一位假扮成男性的女人，这样也足够吗？”

Saber对看起来欢欣鼓舞的爱莉斯菲尔说。以她平时严肃的个性来说，这种带着一点点讽刺意味的语气鲜少听到。

“足够了，简直无懈可击。Saber，今天的你是一位非常迷人的骑士。”

“这是我的荣幸，公主殿下。”

看着眼前穿着深色西装的少女彬彬有礼地行了一礼，爱莉斯菲尔有些害臊，转头看着海面。

“Saber，你喜欢海吗？”

“很难说喜欢还是不喜欢……”

Saber苦笑道，回想起遥远的故乡。

“因为在我的时代、我的国家……经常有很多蛮族从海的另一头来犯，我从来对海洋只觉得警戒恐惧，没有任何憧憬。”

“是吗……”

Saber的回答让爱莉斯菲尔的表情蒙上一层阴影。

“……不晓得为什么，我觉得有些过意不去。虽然你同样也是女儿身，但是亚瑟王的身分却让你没有闲情逸致可以和男士享受约会的时光。”

“你说的也有道理。”

Saber笑着耸耸肩。她不后悔舍弃女性的身分，相对的，在她小小的胸口中充满着往日英勇驰骋在战场上的骄傲。

“爱莉斯菲尔才是。其实你不是想和我，而是想和切嗣一起逛街，对不对？”

Saber的疑问换来爱莉斯菲尔冷静的微笑。

“那个人……不行。这么做会让他更难过的。”

Saber不了解爱莉斯菲尔的回答是什么意思，露出狐疑的表情。

“和你在一起，切嗣不觉得快乐吗？”

“不是，他一定也和我一样感到幸福……就是因为这样所以不行，‘幸福’会让他感到痛苦。”

“……”

Saber仔细玩味爱莉斯菲尔这句话的涵义，试图去了解存在于卫宫切嗣这个男人心中的矛盾。

“切嗣内心抱持着一种内疚，认为自己没有资格享受幸福吗？”

“或许吧，他总是在内心中不断责罚自己。可是一个人如果想要为了追求理想而活，一定要变得冷酷才行……”

爱莉斯菲尔远望大海，心中想着丈夫现在应该也潜伏在这座城市的某处，为了相同的目的而四处奔走。

Saber 想要说几句话安慰爱莉斯菲尔，还是没说出口。

此时她很后悔一个不小心让两人谈到这么沉重的话题。她本来希望能够在愉快的气氛当中结束这一天。

Saber 很自然地握住爱莉斯菲尔的上臂，轻轻把她拉到自己身边。只是这样简单的动作，爱莉斯菲尔以冷静的眼神与 Saber 对望一眼。

“……敌人的从灵？”

“是的。”

这种感觉绝对不会错。在旁边一百米左右的阴暗处当中，散发出一股极为强烈的气息，仿佛在挑衅一般，很明显是针对 Saber 而来的。但是对方没有靠近，反而慢慢远离……

“看起来对方似乎在引诱我们过去。”

“喔，还真是正直的人呢。他要我们一起挑选开战的场地吗？”

爱莉斯菲尔说话时的语气一点都不紧张，应对态度冷静而沉稳。面临战斗一触即发的局面还能如此从容，证明她对 Saber 有绝对的信心。Saber 再一次对自己能够邂逅这么好的主人觉得感激。

“看来对方的意图也和我们差不多。故意夸张地散出气息，引诱会上勾的对手……Saber，我想对方的从灵应该也和你一样，适合正面对决的战斗吧？”

“这么说来，属性不是 Lancer（枪兵）就是 Rider（骑兵）。的确有资格当我的对手。”

Saber 点头。爱莉斯菲尔也对她露出勇敢无惧的笑容。

“那么我们就答应他的邀请？”

“求之不得。”

如果敌人企图引诱自己进入对他有利的场地，这种明知山有虎偏向虎山行的行为当然伴随着危险。可是 Saber 不是会害怕这种小伎俩的弱者，她的主人同样也了解自己的从灵有几分实力。

Saber 踩着轻松自信的脚步，往敌人气息远去的方向迈进。爱莉斯菲尔一边跟在后面，一边把手伸进口袋。她的外衣口袋里有一台掌心大小的装置。这是切嗣之前交给她一种叫做发信器的机械，好像可以把爱莉斯菲尔和 Saber 两人的位置传送给分开行动的切嗣。切嗣常常喜欢用一些不使用魔力的小道具。

爱莉斯菲尔相信 Saber 的力量。她心中期盼事情的发展不要太过棘手，希望等会儿遇见的敌人能力远不及 Saber，让她高傲的从灵能够将敌人一击斩杀于剑下……

没错，如果可以的话……她希望能够在切嗣介入战斗之前就分出胜负。

-154：15：41

横跨整条未远川的冬木大桥位于出海口不远处，全长六百六十五米，是一座三跨连续中路式拱桥。

桥拱顶部高达五十米以上。如果在这么高的位置被海风一吹，下场肯定是一脚踏空，掉进河里。没有安全绳索的话，再熟练的整备工人也绝对不会上去。

韦伯·菲尔维特身上没有绑任何安全绳索和其他装备，他就这样用自己的双手双脚紧紧扣住冰冷的钢骨。平常他一直告诉自己要表现得威武从容，不过此时已经顾不了这么多了。

他的从灵 Rider（骑兵）则是盘着双腿坐在他身旁。整个人看起来威风八面，让人恨得牙痒痒的。

“我们……快点从这里……下去吧……”

韦伯对 Rider 说道，牙齿因为寒冷与恐惧不停打颤。不过他的声音对巨汉从灵来说只是耳边风而已。

“这里是绝佳的监视位置。咱们不妨暂时置身高处，好好参观吧。”

Rider 手中握着洋酒酒瓶，一边不时仰头大口饮酒，一边俯视位于西侧桥下，占地范围广及河口到海岸的宽广海滨公园。虽然以韦伯的视力看不到什么，不过按照 Rider 的描述，他们眼前的目标——前后花了四小时到处追踪的从灵气息就在那里。

Rider与韦伯两人为了希望与敌人接触而在市街游荡，他们是在下午才发现那位从灵的气息的。

本来以为Rider会立刻出手袭击，结果他只是站在远处监视对方，完全没有要展开攻击的意思。韦伯觉得奇怪，问了Rider之后，他冷笑一声说道："那显然是在钓鱼。像他这样大剌剌地到处散播气息，没有人发现才怪。不光有朕，其他从灵一定也盯上那家伙了，大家都在观察状况。放着不管，迟早会有性急的召主忍不住动手。我们就静观其变，期待好戏上演吧。"

就韦伯看来，Rider的计划是正确的。他只是觉得很意外，没想到这位豪迈磊落的巨汉从灵竟然会耍心机，想出这种狡猾的策略。

诚如Rider所说，接受敌人的挑衅，没头没脑地发动攻击是最笨的下下之策。会被这种伎俩钓上的人就算放着不管，也会因为互相残杀而越来越少。虽然不知道那个主动挑衅的从灵是不是真的对自己的本事如此自信，可是如果有其他从灵愿意接下战书的话，也不失为一个大好机会。等到其中一方败退，再让Rider击溃胜利的一方。这就叫做鹬蚌相争，渔翁得利。

既然决定了，接下来就看看谁比较有耐性。韦伯与Rider保持一定的距离继续追踪那道在市内漫无目的四处徘徊的从灵气息，现在则是在桥上监视。

话虽如此——韦伯当然明白侦察点要设置在视野辽阔的制高点的道理，可是再高总有个限度吧。韦伯不知道从灵会不会摔死，但他不过是血肉之躯，要是从这里掉下去百分百没命。这名巨汉明明应该了解这一点，为什么他就是对韦伯的人身安全这么不在乎？

“我、我要下去！不对，让我下去！我、我、我受够了！”

“好了，等一下。真是个静不下心的家伙，坐着等也是一种战争啊。”

Rider一边喝着酒，一边悠哉自在地说着，对韦伯已经欲哭无泪的表情看也不看一眼。两人之间似乎打一开始就没有“高处很危险”的共识。

“如果你闲着没事干的话，就看看寄放在你那里的书。那可是一本好书。”

听到Rider这么说，韦伯想起了挂在肩头上那个重得要命的背包。现在他根本没有一丝余力可以多负荷一克的重量。这本精装厚书让他觉得痛恨。

那本书是Rider现世之后不久，袭击图书馆抢来的两本书中的其中之一。古代希腊诗人荷马所著的《伊利亚特》是一首描写众神介入人界，在特洛伊战争中掀起一场腥风血雨的壮阔叙事诗。

是地图也就算了。宣称要征服世界的Rider对现代地图有兴趣这件事虽然很好笑，但也不是不能理解。

可是带这本诗集是什么意思？等到要上战场的时候，Rider反而把地图留在家里，坚持要带这本《伊利亚特》一起走。除了Rider自己原本的装备之外，想要带其他东西就一定要维持实体化。但是依照不同的情况，Rider有时要化为灵体以防被别人看见，结果最后韦伯落得被迫提行李的下场。

之前Rider确实声称拿书是为了准备开战。可这本书又不是兵法什么的，在战场上究竟有什么用？

“Rider……你为什么……要带……这本书来？”

韦伯用苦涩的哀怨语气问道。英灵表情非常严肃，回答道："《伊利亚特》是一本意境深远的书。即使身在战场，有时还是会想起某一节诗歌，然后想看得不得了。这时候如果不立刻当场再读一遍的话，朕会觉得不痛快。"

"……"

对方好像说了一句什么很不合乎常理的话，不过因为恐惧，韦伯的头脑没转过来。

"你说当场……是指在战场上？"

"嗯。"

"在战场上……一边作战的时候？一边挥剑的时候？"

"没错。"

Rider 面不改色地点头说道。好像自己说的话再正常不过。

"……怎么看？"

"右手持剑的时候就用左手拿书，左手握着缰绳的时候就叫身边的仆人念出来听。"

"……"

超乎想象的答案让韦伯无言以对。

"这种事有什么好惊讶？朕的时代中所有战士的衣食住行都和战争脱不了关系。一边喝酒吃肉一边作战，一边作战一边玩女人，就算在睡觉也是边睡边打。这点小事一点都不奇怪，任谁都办得到。"

韦伯瞠目结舌，张大了嘴。可是如果是这个男人的话，说不定他真的会这么做……

"……你在唬我吧？"

"当然，笨蛋。"

随着一阵失笑，韦伯的额头又被弹了个爆栗。

“噫呀呀呀！！！”

别说闪躲，韦伯想打滚都不行。因为光用双手双脚扣住桥梁钢骨就已经让他使尽吃奶的力气。韦伯连想摸摸疼痛的额头都没办法，只能发出难听的哀号声。

“可是小子……说实话，这种程度的玩笑话任何人都会一笑置之，不会当真。你惊讶得脸色苍白就代表你胆识还不够大。”

眼前Rider的豪迈大笑，额头的疼痛让魔术师一边掉眼泪，一边对当初选择这个英灵为从灵的决定感到懊悔。

“我想回家……想回英国……”

“朕不是说不要那么急吗？你看，情况好像终于有变化了。”

“……啊？”

Rider用他线条粗犷的下颚比一比底下的海滨公园。

“朕这个征服王也真是粗心大意，竟然直到现在才发现……那座公园里似乎还有另一个从灵。那家伙也没有隐藏气息，不但如此，还朝我们一直追的家伙走过去。”

“那、那么……”

“他们两个人好像都是走向对面的港口。看来应该会打上一场了。”

Rider剽悍地笑一笑，他的双眼不知何时已经露出如同野兽般的锐利眼神。虽然目前还是壁上观，但是英灵伊斯坎达尔的精神正逐渐回归战场之上。

不过韦伯可没空钦佩Rider可靠，因为自己在钢骨上动弹不得的模样更让他感到羞耻——其实现在他满脑子想着的是只要有人能放他回到地上，就算天塌下来他也无所谓了。

× ×× × × × × ×

一排又一排无色无味的组合式仓库紧邻着海滨公园的西侧连绵展开，形成一条仓库街。这一区还设有港湾设施，同时兼具区隔西边工业区以及新都的作用。只要到了晚上就杳无人迹，零零落落的路灯徒劳无功地照亮柏油路，让景观更显得空寂。无人的吊臂起重机朝向黑暗的海面整齐排列在一起，模样仿佛就像是一群巨大的恐龙站着变成化石一样，让人毛骨悚然。

这里的确很适合从灵在不为人知的情况之下进行战斗。

Saber 与爱莉斯菲尔就像是前往赴约的决斗者一样，光明正大地走在一条为了让大型车辆通行而铺设的四车道上。敌人也不再躲躲藏藏，现出庐山真面目。一道修长的身影挺立在无人大道的正中央，那人的打扮虽然特殊，但他浑身散发出来的异常强大的魔力更让人知道眼前的人是超越常人的存在。

两名从灵在相距大约十米的地方停下脚步，形成对峙的局面。

终于遇见了第一位从灵。Saber 仔细打量即将要与自己展开战斗，一决生死的敌手。

那是一名将一头随意翘起的长发一股脑儿向后抹平、相貌端正的男子。Saber 第一眼注意到的是他的兵器，那支超过人体身高，长达两米的长杆应该就是他的武器。在七种从灵属性中，最受其他从灵忌惮的骑士三座——与 Saber、Archer 齐名的 Lancer（枪兵）。他应该是 Lancer 无误。

奇怪的是，象征他身分的长形兵器竟然不只一件。

Lancer将右手轻握着的长枪枪头搭在肩膀上，左手还提着一杆短枪，大约比右手的长枪短了三成。

如果要活用长枪攻击距离远的优点，随心所欲操枪的话，正常来说都是用双手同使一杆枪。换做刀剑或许可以双手各持一把。一般情况下，很难想象有人会同时使用两杆长枪。

两杆枪从枪柄到枪头都被像是符咒一般的长布紧紧裹住，无法看见真正的模样。这么做应该是为了隐藏宝具的真名吧。

“来得好。我今天一整天都在街上漫步，可是不管是谁，都是龟缩不出的胆小鬼……有胆子回应我邀约的勇者只有你一个人。”

那名男子——英灵Lancer用低沉响亮的声音赞道，看起来神态自若。他淡淡地对Saber问道：“澄净冷彻的斗气……你应该是Saber，对吧？”

“没错，你就是Lancer吧？”

“正是——哼，竟然不能与生死互搏的对手像平常一样互通名号。这种束缚真是让人扫兴啊。”

Saber对此似乎也颇有同感，本来绷着一张扑克脸的表情稍见和缓。

“这是没办法的。这场战争本来就不是为了我们自身的荣誉而打。你不也是为了这个时代的主人奉献你的长枪吗？”

“嗯，你说的没错。”

Lancer苦笑道。他的表情出奇地冷静悠然，完全不像即将要面临搏命决斗的人。再仔细一看，就越发觉得这名男子样貌英俊。

高挺的鼻梁配上英气凛然的双眉，面貌十分精悍。紧抿的嘴角使人感受到他严谨自律的意志，一双隐含着深邃忧郁的眼神使他散发出强烈的男性气概。右眼下方有一点如同泪珠般的黑痣，搭配让人印象深刻的双眼，更添其俊俏风采。

他实在是一位只要看上一眼就足以让女性心醉神迷的美男子——不对，他身上那种俊美风情单纯只是因为他的容貌吗？

站在 Saber 身后的爱莉斯菲尔微微屏息，双眉轻蹙。

"……'魅惑'的魔术？没想到你竟然对已婚女性做出此等无理之举，枪兵。"

Lancer 身上明显散发出一股诱惑女性的灵力。爱莉斯菲尔是强化魔术使用能力的人造生命体，她的肉体拥有比常人更强上一倍的抗魔力，所以才能抵抗。要是普通女性的话，只要看上一眼就成为这个男人的俘虏了吧。

但是 Lancer 对爱莉斯菲尔的抗议只是耸耸肩苦笑道："抱歉，这就像是与生俱来的诅咒一样，我自己也无可奈何。如果要恨的话，就恨我出生在这世上，或是恨自己身为女性吧。"

魅惑的诅咒当中最具代表性的就是"魔眼"，可是刚才 Lancer 的眼睛一直只看着站在前方的 Saber 而已，并没有把视线移向 Saber 身后的爱莉斯菲尔。恐怕是在爱莉斯菲尔看见 Lancer 面貌的时候，引动魅惑的魔术吧。原来不是魔眼，而应该称为"魔颜"吗？

Saber 冷哼一声，以凌厉的眼神看着 Lancer。

"你该不会期待那张好看的脸庞会让我的剑变迟钝吧？用枪的。"

"如果真是如此的话，那未免太扫兴了。Saber 的抗魔力果然名不虚传……很好，下手杀一个因为我的容貌而直不起腰的女人也有损我的名誉。我很高兴对上的第一个人是个有骨气的家伙。”

“你希望正正当当地一决胜负吗？能够遇见一位重荣誉的英灵，对我而言同样也是万幸。”

Saber 说完，也报以沉稳的微笑。她的笑意极为冷峻而强烈，是一种即将要以命相搏的人才会露出的笑容。

“那么我们就开始吧。”

Lancer 把搭在肩上的长枪一抡，重新握住，左手短枪的枪头也缓缓抬起。两杆枪像展开双翼一样左右举起，这种架势让人完全看不出来他的套路。

Saber 此时也将一直在体内奔腾不息的斗气一口气释放出来。迸射出的魔力像龙卷风一般翻滚，包围住少女穿着暗色衣装的纤细身躯——下一秒钟，她身上已经穿着一套闪耀着白银以及湛蓝光辉的铠甲。由魔力所组织而成的甲胄以及护手才是这位美丽英雄王身为英灵真正的装扮。

“Saber……”

爱莉斯菲尔紧张地在后面轻声呼唤。她敏锐地感觉到两位从灵释放出的斗气以及现场一触即发的紧绷气氛，立即了解到这场战斗完全没有自己能够插手的余地。

可是她不能光是袖手旁观。虽然只是代理人，但她毕竟还是 Saber 的召主。

“……要小心。我至少可以用治疗咒文帮助你，但是除此之外……”

Saber 颔首，不等爱莉斯菲尔说完。

“Lancer 交给我对付。只是对方的召主没有现身，让我有些不放心。”

就如同Saber所说，没有出现在现场的Lancer之主本身就是一项威胁。一般来说，召主会陪同在从灵身边，一边对应战况发出指示，一边以魔术进行辅助。Lancer的召主如果不是非常信任手下的从灵，全权委任于他的话，那就一定是潜伏在附近某个地方观看Lancer的战斗。

“对方可能会要小手段，请你小心——爱莉斯菲尔，我的背后就拜托你了。”

翡翠色的眼眸静静地诉说着，告诉爱莉斯菲尔不用害怕。

相信剑之英灵吧。

相信剑之英灵所认同的主人，相信爱莉斯菲尔自己吧。

“……我知道了。Saber，将胜利奉献给我吧。”

“是，必定如您所愿。”

Saber勇敢地点头，踏出一步。

走向已经摆好架势，严阵以待的Lancer长枪攻击范围内……

-154：09：25

在爱莉斯菲尔的发信机所发出的信号指引之下，卫宫切嗣与久宇舞弥赶到夜晚的仓库街。迎接他们的是一片空无人迹的寂静。

四周只听得见从海上吹来的风声，一片死寂停滞的空气点缀着一如往常、空灵无声的夜晚。

但是——

“……已经开始了。”

光是感受到这一带逼人的魔力气息，切嗣就已经正确地掌握住状况。

有人设下了结界，可能是敌方从灵的召主吧。这种伪装是为了隐藏这条道路深处所发生的状况，以免被与圣杯战争无缘的过路人察觉。不让自己所作所为暴露在众目之下对魔术师来说是永恒不变的原则。

切嗣把超过十公斤重的异样狙击枪抱在身侧，陷入短暂的思考。因为有发信器发出的信号，所以几乎能够百分之百掌握爱莉斯菲尔两人的所在位置。问题是要如何接近那里，又要在哪里观战？

切嗣没有参战的打算，为此他才准备了狙击枪。他的目的是从远离战场的位置观看战况，趁机狙杀敌方召主。从灵是一种灵体，原本也只有同是英灵的其他从灵才能造成伤害，切嗣与舞弥的火力就算再强大，对付从灵的效果连一支水枪都不如。对抗从灵的任务就交给Saber了，最好能让战况激烈到敌方从灵无暇分心保护自己的召主。

“从那上面看的话，可以对整个战场一览无遗。”

舞弥说道，手指着耸立在黑夜码头岸边的吊臂起重机。目测驾驶座的高度有三十多米。只要能够无声无息爬到上面去，就可以从绝佳的位置俯瞰底下的状况。

切嗣赞同舞弥的意见，也正因为如此他摇头拒绝。

“那个地方的确是监视的最佳地理位置，任谁看了都会这么认为吧。”

“……”

不等切嗣说破，舞弥就已经理解他的意思了。

“你从东侧岸边绕进去。我从西侧过去。找一个能够监看Saber她们的战斗以及那座吊臂起重机的位置。”

“知道了。”

舞弥将手中的AUG突击步枪放在腰际，悄无声息地小跑步消失在仓库街的阴影中。切嗣同样一边注意着爱莉斯菲尔的发信机反应，一边谨慎地朝反方向移动。

×　　×　×　×　　×　×　×　　×　×

爱莉斯菲尔非常震惊，几乎忘了呼吸。

现在在她眼前展开的战斗之激烈，超乎异常。

她本来猜想这场战斗应该只不过是旧时代式的对决罢了。

只不过是两名决斗者身着铠甲，枪剑短兵相接的一对一武者对决。

可是战斗中爆发出的庞大魔力与她的想象不同。

两人激战的炽烈与她的想象不同。

光是金铁交击不可能掀起如此具有破坏力的力量。

每一次进足踏步都穿破地面。

每一道挥空的风压都砍倒路灯。

爱莉斯菲尔的视力已经无法看清超高速的交击。她只能看见互相冲击、彼此制衡的两人所放出的余波。

由仓库表面上扯下来的锌铁板就像铝箔片一样极度扭曲变形，轻飘飘地在空中飞舞，从爱莉斯菲尔身边咫尺之处飞过去。她不了解为什么仓库的外装会剥落，或许是因为……或许只不过是因为 Saber 的剑或是 Lancer 的长枪划过附近的虚空。

劲风低鸣。

所有一切违反这个世界物理法则的暴行让大气发出歇斯底里的惨叫声。

无人的仓库街仿佛笼罩在狂乱肆虐的龙卷风之中，遭受到无情的摧残，逐渐被破坏殆尽。

只是两个“人”在进行肉搏战，街道就因此逐渐崩坏。

圣杯战争——

现在爱莉斯菲尔正目睹圣杯战争的危险以及惊人之处，亲眼见证将神话与传说世界的人物召唤现世，彼此激战的真正意义。

这简直重现了原本已经不复存在的神话。

苍雷划破天际，狂澜粉碎大地，原本只存在于幻想中的奇迹在此化为现实。

“这就是……从灵之间的战斗……”

爱莉斯菲尔只能目不转睛地注视着这个她以前从未想象过的世界。

不只是爱莉斯菲尔，Saber同样也觉得惊讶。

她本身也是带领军队，身先士卒在许多战役中冲锋陷阵的骑士。对于长剑枪戟的战斗就像使用刀叉餐具那样熟悉习惯。

就她所知，“长枪”这种武器要用双手使用才是正确的战斗方法。这项原则从无例外。

因此当她看见Lancer从灵带着两杆枪出现的时候，她怀疑那是敌人的伪装。

既然他是枪之座的英灵，那么就可以确定他手中拿的长枪绝对就是他的宝具。然而依照圣杯战争的法则，被敌人识破自己的宝具就等于暴露出自己的真名。

绑在Lancer长枪上的绷带状符咒肯定是为了隐瞒长枪的真面目。Lancer与他的召主对于隐藏真名相当慎重。

如果是这样的话，他们为求周到，很有可能会再准备一杆假枪欺敌。即使两杆枪之中有一杆是赝品，只是普通的长棒子，但是Saber迎敌时还是必须一直同时戒备这两杆枪。

右手的长枪、左手的短枪——究竟是哪一边才是那位枪兵“真正的枪”？

Saber判断只要看出这一点就能掌握胜机，因此一直用心观察，希望能够勘破Lancer的枪法。照道理来说，惯用的兵器以及赝品之间在招数的分量上一定会产生“虚”与“实”的差异。

可是实际上——

这是 Saber 第三次进攻受阻，她向后飞跃，拉开距离。

“怎么啦，Saber？你的攻击很无力喔。”

Saber 无法反驳 Lancer 的揶揄。两人已经过招三十回合，但是 Saber 至今还是无法成功让自己的剑网触及 Lancer。

Lancer 右手单握的长枪反复突刺，枪尖上下纵横，来回舞动，速度与力道都不逊于两手使用的长枪。不，这杆只用单手操使的长枪反而更加变化多端，一次又一次展现出双手枪法所没有的精妙攻击，从 Saber 预想不到的角度对她进行奇袭。

虽然如此，长棍型态的武器在连续攻击之间必定会露出破绽。偏偏每当 Saber 想要趁机冲进敌人近身处时，左手的短枪就会准确牵制她的行动。Saber 的进攻从刚才开始一直被短枪枪尖的绵密防御给封杀。

两杆枪当中没有一杆是“虚物”。这位 Lancer 英灵能够用左右两手自由自在地操用左右两杆长短枪，究竟苦心钻研多久才能练就如此神技。

“……这个男人，很有两下子！”

第一场战斗就遭遇出乎意料的强敌，这份战栗让 Saber 浑身充满一股激昂的兴奋。

可是 Lancer 也和 Saber 一样感到讶异。

就旁人看起来，以出手攻击的次数来说是 Lancer 处于上风，压得 Saber 只能守不能攻——但实际上并非如此。

Lancer 从最初的第一次攻击直到现在，光是逼退 Saber，小心不要让她欺近自己身边就已经使尽全力。虽然他试着说两句玩笑话揶揄对方，但是他也和 Saber 一样无法转守为攻。

长枪本是一种双手武器，Lancer 却以单手武器般的速度及灵巧彻底发挥长枪攻击距离较长与重量较重的优点。而且他能够依照敌我双方的距离远近使用长短双枪应对，而 Saber 只能来回挥舞一柄长剑，以武器的优势来说，他不可能会落于下风。

可是事情却没有这么简单——

“那柄剑真是怪异……”

Lancer 在内心暗忖道。并不是只有旁观的爱莉斯菲尔无法看清超高速的兵刃交击。即使同样是从灵，Lancer 也**看不到** Saber 手中所拿的剑。

Lancer 并不知道，这正是英灵阿尔特利亚的其中一件宝具——风王结界的可怕之处。

用魔力聚集大量的空气，束缚在长剑周围以改变光线折射率，让整支剑隐形。就宝具的能力来说，绝对算不上什么很夸张的种类，但是在近身战中却能发挥绝大的效果。

与 Saber 对战的敌人会遭受无形之剑的斩击，自己的攻击也会被无形之剑挡格。难怪 Lancer 会感到焦躁，就算能从 Saber 自身的动作看出剑路走向，但是不知道剑身长度就无从判断适当的交战距离。

结果 Lancer 为了应付 Saber 的长剑，只能拉大双方距离，保持站在对方的攻击范围之外。接连使出有如行云流水的华丽枪法大占上风只是表面上的样子。Lancer 虽然利用奇招屡次迷惑 Saber，挫她锐气，但自己同样也一直找不到机会使出必胜的一击。

“这女人，真是厉害！”

面对最初的敌人，Lancer 有预感这将会是一场必须全力以赴的激烈战斗。沸腾的热血让他的脸上露出凌厉的笑容。

两位英灵全心专注在眼前的战斗当中，无暇戒备周围的状况。

不对，就算他们还有余力注意四周，是否真能察觉那悄悄接近的存在呢……

那是因为这道与火花交迸的剑枪斩舞隔着一段距离，悄然无声靠近的影子具有“遮断气息”的技能，甚至能够瞒过从灵的灵感应力。

黑色长袍在海上吹来的强风中翻飞，无脸的嘴唇在白色骷髅面具下冷笑。

有谁会想到他的存在呢？昨天晚上已经在众多目击者面前消灭的从灵 Assassin（暗杀者）再度在夜晚的仓库街中现身。

Assassin 在众人不知不觉之间藏身在监看枪剑对决的最佳制高点——耸立在码头边的吊臂起重机上，距离成为战场的仓库街街道将近五百米。从灵的视力远远超过人类，就算从这么远的距离也能清楚看见正在激战中的 Saber 与 Lancer 脸上的表情。可是这段遥远的距离再加上 Assassin 的技能，正在战斗中的两人固然无法发现，就算有其他正在监视的从灵也绝对没办法察觉 Assassin 的存在。

如果希望隐身效果更有效，Assassin 还可以不用实体，以灵体的姿态进行观察，这样他可以更接近目标。但是在灵体状态下，Assassin 自己的知觉也只有“灵视”而已。所以今晚 Assassin 被赋予的任务是“以肉眼观看战况”。

Assassin 了解召主的意思，从容接下那道指令，一直默默地注视着远方的死斗。

× ××× ××× ××

在进行着生死决斗的仓库街东南方十五公里之遥。

冬木教会笼罩在安静的夜色之下。地下室里有一个人正坐在黑暗中。

那人闭着双眼，却不是在沉眠。在一片寂静当中聚精会神的黑衣人正是穿着僧袍的言峰绮礼。

就旁人看起来，绮礼似乎正在冥想。但是谁想得到他的耳里现在正听着海风的呼啸声，眼中正看着金铁交击的火花呢？

他的视觉以及听觉所接收的情报是目前正在远方仓库街进行的一场不为人知的从灵对战……他感觉到的一切与此刻他的从灵Assassin所目睹的光景完全一样。

绮礼正在使用的技术是他花费三年修行的成果。这是远坂时臣传授的其中一项魔术——共享知觉。

绮礼能够像这样与魔力通路相连的契约对象共享感觉器官的知觉。在圣杯战争当中，这种技术能够在远距离完全监视从灵的行动，实用度非常高。如果手下的从灵是擅长侦察的Assassin的话，就更加如虎添翼。

唯一的缺点是这项能力必须要有契约者，也就是知觉共有对象的同意才能行使。将这项技能传授予绮礼的时臣本人现在就遭到Archer（弓兵）拒绝，无法切入他的知觉。对心高气傲的英雄王来说，即便对方是他的召主，窥视他似乎仍是一件无理至极的事。

可是……不，应该说正因为如此，所以时臣才需要绮礼以及Assassin。

“未远川河口的仓库街有动静，看来第一场战斗终于开始了。”

绮礼对着无人的黑暗这么说道。虽然这里没有其他人，桌上却摆了一台古老的留声机。黄铜制的播音喇叭朝着绮礼的方向倾斜。果不其然，看起来只是一台普通老古董的留声机发出人声回答绮礼。

“不能说是第一场吧。在公开认定上，这可是‘第二场’，绮礼。”

音质虽然有些变调，但是这抹从容洒脱的嗓音确实就是远坂时臣的声音。

这台古董装置因为那个造型传统的牵牛花集音喇叭的关系，很容易被误认为是留声机。但仔细一看，喇叭下方应该有的转盘以及唱针都不存在。在喇叭尾端取代转盘以及唱针的是一颗用铁丝弦支撑的硕大宝石。

这具仪器是时臣借给绮礼使用的远坂家传魔导器。在远坂宅邸的工房里也装了一台相同的装置，时臣现在应该也坐在喇叭前吧。两台装置的宝石彼此共振，互相交换经由集音喇叭传来的空气震动。换句话说，这是一台应用远坂家宝石魔术的“通讯装置”。

在冬木教会归于言峰璃正神父管辖之下的同时，时臣就已经把这台宝石通讯机送进教会里了。目的当然是为了和台面下的合伙人，璃正神父以及其子——也就是圣杯战争开始的同时，按照计划成为第一名战败者而接受教会保护的言峰绮礼——秘密取得联系。

目前所有计划都进行得很顺利。谁都想不到身处教会当中的绮礼竟然有办法与外界联络。其实对不是魔术师的绮礼来说，他认为只要使用无线电就够了，不必用到这种奇妙的装置。但是远坂的宝石通讯器与无线电不同，绝对不用担心遭到窃听。为求谨慎，依照时臣的作风行事未尝没有好处。

不管如何，目前 Assassin 与绮礼将会取代 Archer，成为时臣的耳目。绮礼依照自己的方式观察 Assassin 的视觉，同时动用自己身为召主被赋予的数值透视能力，尽可能详细描述状况。

“正在战斗的似乎是——Saber 以及 Lancer。特别是 Saber 的能力极为优秀，大部分的能力数值看起来都相当于 A 级。”

“……原来如此，不愧号称最强属性。可以看到召主吗？”

“只有一个人毫无忌惮地出现在场上……是一名站在 Saber 身后的银发女子。”

“嗯，那么 Lancer 的召主至少懂得隐藏形迹。他不是外行人呢，很了解这场圣杯战争的铁则……等等，你刚才说 Saber 的召主是一名银发女性吗？”

“是的，是一位年轻的白人女性。银发红眼，怎么看都不太像一般人。”

黄铜集音喇叭的另一端传来沉思的静默。

“……会是艾因兹柏恩的人造生命体吗？他们又打造出一个人偶召主吗？……这也不无可能……”

“这么说那个女人就是艾因兹柏恩的召主吗？”

“我还以为卫宫切嗣就是约布斯塔海特准备的棋子……没想到竟然会猜错。”

绮礼一开始还无法发觉自己心中涌起的奇妙感觉。等过了一会儿之后，他才发现那是一阵失望的念头。

“无论如何，那个女人是掌握着圣杯战争未来发展的重要关键人物。绮礼，绝对要盯紧她。”

“……我明白了。那么我就派一个人随时跟着她。”

口中说着谜一般的难解话语，绮礼接下任务之后继续注视远方两位英灵所展开的激烈战斗。

可是不管是火花四射的剑枪交击或是两人身上迸发出来的魔力奔流，此刻在他的眼中看起来似乎都比刚才失色许多。

× ×× × × × × ××

位于码头岸边的货柜集散场里，成千上万的货柜堆积成山。切嗣让 Walther 狙击枪的枪口从货柜山的间隙中悄悄露出，利用电子之眼看穿夜晚的黑暗。

他首先使用的是热感应瞄准器……看到了。因为夜晚寒冷的空气而呈现出黑色与蓝色的背景中，明显浮现出红色与橘色的反应色。其中温度特别高的白热光源应该就是两名从灵的影像，双方急速交错的热度融合为一体，化为庞大的一团眩光。

镜头中另外还有两个热源反应，虽然比刚才那两道热源反应小得多，但是那确实是人体的放热模式。其中一个人站在道路中央，观看从灵的对决。另一个人——蹲在距离战场稍远之处的仓库屋顶上，隐藏身形。

切嗣轻易就判断出来哪一个才是他应该狙杀的目标。

为了再次确认，切嗣把眼睛从热感应瞄准器的目镜移开，窥看旁边的夜视瞄准器。眼前的一切如同深海世界般染上一片淡绿色的磷光，比热感应视觉更清楚地掀开了夜晚的帷幕。

站在路上的果然是爱莉斯菲尔。切嗣之前已经交代过她，要她表现得像是高傲的 Saber 之主一样，不躲不避，光明正大地挺身迎战。

那么说来，屋顶上的热源就是敌人的召主……那个与切嗣的 Saber 战得难分难解，手持双枪的战士 Lancer 的主人了。

切嗣隐身在黑暗中，露出冷酷的浅笑，这种情况就是他所期望的。Lancer 的召主应该有用幻影或是遮蔽气息的魔术隐藏自己的所在位置。他以为这样做就已经足够，却忽略了要防备机械装置的摄影镜头。他所犯下的错误就和以前那些成为切嗣猎物的魔术师完全一样。

切嗣马上利用嘴边的通话器呼叫埋伏在战场另一端的舞弥。

“舞弥，Saber 她们东北角方向，Lancer 的召主就在仓库的屋顶上。你看得见吗？”

“……看不见，我的位置好像是死角。”

如果可以的话，切嗣原本希望与舞弥一起进行交叉射击确保万无一失。不过很不巧，似乎只有切嗣在可以攻击的位置上。但这不是问题。三百米左右的距离，以切嗣的射击技术绝对可以一枪置他于死地。既然那个魔术师没有发现狙击手的存在，他就无从防御点 300 Winchester 麦格农弹的攻击。

正当切嗣拉开枪身上装的双脚架，准备采取狙击姿势的时候——他忽然打消念头，先翻转 Walther 枪身，对准吊臂起重机上方。

瞬间，他的计划被完全打乱。

切嗣一边在心中吃惊，一边又对通话器低声说道。

“舞弥，起重机上面……”

“……是。我这边也看到了，果然如你所预料。”

舞弥的 AUG 突击步枪瞄准装置似乎也捕捉到了那道切嗣用夜视瞄准器发现的人影。

在切嗣与舞弥之后，第三位窥探 Saber 与 Lancer 决斗的监视者现在就出现在吊臂起重机的操纵席上。

切嗣早就料到会有这样的事情。在圣杯战争刚开打的时候，与其积极参与对决，不如先作壁上观才是上上之策。如果是行事沉稳的召主，就算其他从灵开战也不会随便去蹚浑水，但一定会赶赴战场，仔细监看。如果胜利者在战斗结束后筋疲力竭的话，就可以抢入战场坐收渔翁之利。就算事情没有这么顺利，至少也能打探敌人的底细。

虽然切嗣在第一时间就赶到 Saber 等人的战斗现场，但是他不认为观众只有自己而已，所以才会白白放弃吊臂起重机这个最佳的监视地点，故意将那个位置让给后来可能会出现的新监视者。果然就如他预料的一般，敌人完全不知道吊臂起重机已经受到监视，占据视野最佳的特等席的同时在切嗣舞弥两人面前暴露行踪。

话虽如此，还是有一件事连切嗣都没料到。

切嗣再次凝神注视夜视瞄准器中淡绿色的影像。新来的监试者的身形装扮……罩住全身的漆黑长袍以及脸上戴着的骷髅面具。虽然很让人难以置信，不过那个人的确就是昨天晚上应该已经在远坂宅庭园里败亡的 Assassin。

切嗣在看了舞弥的使魔所拍摄的影像之后，本就觉得难以释怀，因此看到应该死亡的Assassin再度现身，他也不觉得非常惊讶。暂且不提为什么Assassin死而复生，问题是据守在吊臂起重机之上的是一名从灵。

如果切嗣现在开枪狙击Lancer的召主，绝对可以让对方一枪毙命，但是他的狙击位置同时也会被Assassin察觉。Assassin属性的战斗力虽然不算优秀，但仍然是从灵，非常人能及。就算切嗣是魔术师也没办法与他抗衡。

切嗣不能寄望Saber的帮助，现在Saber与他的距离比Assassin与他的距离要远上许多。再说Saber根本不知道切嗣在这里，不可能立刻反应过来。

再加上她现在正在与Lancer激战。就算召主被杀，魔力供给断绝，从灵还是能够独力在现世留存一段时间，所以光是杀死Lancer的召主并不代表可以立刻排除Lancer。

如果还有什么手段的话——那就是令咒。

召主的令咒命令权不只可以要求从灵去做能力范围之内的事情，只要发出的命令基于与召主之间的协议，从灵能够接受，令咒甚至可以实现超越英灵潜力的奇迹。所以让Saber在一瞬间移动到切嗣现在的位置，叫她防卫Assassin的攻击也不是不可能。只是这样一来就等于害手无寸铁的爱莉斯菲尔被遗弃在Lancer的面前。

切嗣绞尽脑汁思考种种可能性，很快便得出结论。虽然这是一个可以收拾Lancer召主的大好时机，但今天晚上只能放过他了。

既然下定决心，切嗣就不觉得有任何遗憾。

“舞弥，你继续监视Assassin。我要观察Lancer。”

“了解。”

切嗣轻轻叹口气，将 Walther 沉重的枪身靠在双脚架上，静下心注视夜视瞄准器中的影像。

既然已经无计可施，今晚的战斗对切嗣来说就只是一场徒劳而已。希望 Saber 不要随便使用宝具，看准时机见好就收，和爱莉斯菲尔一起逃跑的话那是最好不过——不过他无法寄望那位自尊心高傲的英灵会有这种想法。

无论如何，有个机会可以好好确认自己手下棋子的实力也不错。

“……那么就让我见识您的能耐吧，可爱的骑士王大人。”

−154：03：11

Saber与Lancer的决斗依然战得难分难舍。

正确来说，应该是两人都难以揣测对方的实力，持续互相试探之后开始逐渐呈现胶着之态。

就算只是小小试探几招，但他们可是从灵。道路受到攻击的余波冲击，被狠狠地刮出破坏的凄惨爪痕。现场已经有两栋仓库倒塌，路面的柏油就像是田地的土壤一样被翻开。成为战场的这一个角落仿佛遭受垂直型大地震袭击一般，破坏得惨不忍睹。

在这一片惨状当中，Saber与Lancer两人身上毫发无伤，互相对峙。他们彼此对视，计算着如何进行下一次攻击，脸上都不见疲态。

“虽然在这场双方都不知名号的战斗里根本没有什么名誉可言——”

Lancer对Saber说道。双枪的枪头上透出杀意，唯独他的眼神依然轻松自在。

“无论如何，接受我的赞美吧。打到现在竟然连一滴汗都没流，虽然是一介女流，你还真是了不起啊。”

“你不用那么谦虚，Lancer。”

Saber手中举着无形之剑，嘴角同样也浮起微笑。

“我虽然不知道你的名号，可是你的枪法也很了得。像你这种高手的赞美是我的荣幸，我就心怀感激地接受了。”

虽然他们不知道对方的身分，在陌生的异国之地彼此对抗。但是此时此刻，两人的心中确实感到心有灵犀。

双方都以自己辛苦锻炼出来的力量与战技为傲，如果遇见与自己能力不相上下的敌人，都毫不吝于表示自己的尊敬之意。两位英灵都知道，彼此双方的心中都怀抱着战士的骄傲。

但是——

“游戏到此为止了，Lancer。”

不知从何处传出的冷淡声音响遍四周，Saber 与爱莉斯菲尔都感到一惊。

“Lancer 的……召主！？”

爱莉斯菲尔不动声色，仔细环视四周，但是到处都找不到可疑的人影。那人说话的声音带着不自然的回音，听不出来是男性还是女性，甚至声音从何处发出都不知道，应该是使用了幻术伪装吧。敌人似乎不打算在爱莉斯菲尔等人面前现身。

“不要让这场战斗再拖下去。那个 Saber 是强敌，尽快把她收拾掉——我准许你动用宝具。”

隐身不出的魔术师所说的这番话让 Saber 的表情为之一凛。

宝具——Lancer 的召主终于催促他展现出从灵真正的武器。

“我明白了，吾主。”

Lancer 一改之前的飘逸神态，语气变得严肃而低沉，改变持枪的架势。

他毫不犹豫地把左手拿着的短枪扔在脚边。

“这么说……那柄长枪就是 Lancer 的……！？”

在 Saber 的注视之下，紧缚的符咒自 Lancer 右手的长枪松脱、落下。

那是一柄深红色的长枪。强大魔力与先前截然不同，自枪头隐隐发出，仿佛一道不祥的海市蜃楼。

“——你也听见了，接下来我要先下杀手了。”

Lancer终于用双手握住露出真面目的必杀兵器，低声说道。

Saber同样也将手中的长剑放低，比刚才更加谨慎地计算与Lancer之间的距离。

宝具所发挥的效果大致区分为两种。

一种是在说出宝具真名的同时，发挥出强大力量的一击必杀类型。Saber的必杀技就是这种类型。“应许胜利之剑”（Excalibur）现在虽然隐藏在无形结界的保护下，但是只要彻底除去伪装，大声喊出真名的话，她的宝剑就会释放出一道光流，横扫千军万马。这件攻城宝具能够将大地化为一片焦土，如非最后关头不可以轻易使用。

相对的，另一种类型则是武器的属性本身就带有宝具性质。以Saber来说，“风王结界”就属于这类型。这一类宝具本身没有歼灭敌人的效能，但仍是有用的“利器”，能够将战局导向有利于自己的方向。宝具效果不强大，就代表使用起来非常便利。如果运用得宜的话，还是可能成为决定胜负的王牌的。

Lancer的那柄红枪究竟是——

Saber直觉认为应该是属于后者。从Lancer的架势看来，他有意继续和Saber对打，目前还感觉不到下一招就要一决胜负的压迫感。

“……”

两人之间依旧沉默，可是气氛却加倍紧绷。双方一点一点地移动脚步，缩短距离。

——首先动手的是 Lancer。

与之前那如同神技般变换自在的枪舞相比起来，这次的直线突刺显得呆板许多。Lancer 好像已经不再估算如何与 Saber 隐藏在“风王结界”之下的长剑保持距离。不，他甚至似乎连自身的防备都放弃了。

Saber 当然用最一般的方法应对，她用手中的剑轻易格挡 Lancer 的长枪。Lancer 这一枪并非特别沉重、也没有特别迅速，只是非常平凡无奇的一刺。但是……

异象始于一阵强风。

以互相咬在一起的长枪与剑为中心，一阵毫无来由的旋风狂卷而起。

“什么!?”

Saber 大感惊讶，向后退开三步，离开 Lancer 的长枪。Lancer 泰然自若，依然挺着长枪，没有继续进逼。爱莉斯菲尔在旁边看着这一切，根本不晓得发生了什么事。

刚才的强风虽然只有一瞬间，但并非魔力的奔流。爱莉斯菲尔还不知道这阵风从何而起，不过她认为那不是 Lancer 长枪造成的威胁。

可是面露惊讶的只有 Saber 一人。Lancer 脸上带着傲然冷笑，嘲讽 Saber 的讶异。

“你秘藏的宝剑终于露馅了。”

“……”

Lancer 得意地说道。Saber 则好像不知所以然，默默不语。只有两位当事者真正了解刚才那短暂的怪异现象是怎么一回事。

那阵风势来自于Saber的剑上……正确来说，是来自她的“风王结界”内部。

结界内部足以改变光线折射的压缩空气在那一刹那间泄漏了出来。而且当长剑与Lancer长枪交击时——长剑上束缚风流的魔力竟然解开了。

就在结界破解的那一刹那，Lancer窥见了结界内部Saber长剑的“真正模样”。Lancer刚才所说的话证明他的长枪确实破除了“风王结界”。

“我已经看清楚剑刃，这下子再也不会受看不见的剑身长度所惑了。”

Lancer大声喊道，立刻刺出一枪。

正如刚才所言，Lancer的枪势突然大增，攻击趋为猛烈而确实。掌握Saber的剑身长度之后，他的枪技更加精准。Saber判断只要其中有一枪没挡下，就有可能造成致命的伤害——因此她无法光凭闪躲来对应，舞起长剑格开所有枪刺，彻底防御。

黄金之剑的模样瞬间闪出一阵残影。

“唔……”

气压又从“风王结界”当中漏出，变成一阵连续不断的翻滚狂风，激烈地吹动Saber的金发。Lancer的红色长枪确实正在削弱“风王结界”。每当长剑与连续进逼的枪尖交错，Saber原本无形的长剑就会露出形态。随着双方兵刃连续交击，黄金之剑的全貌仿佛就像间隔零点数秒的连续动画般逐渐显露出来。

“可是……如果是这样的枪法……”

这样的枪法还有办法应付——Saber这么鼓舞自己。如果是双手单使一枪的话，就是Saber已经熟悉的一般正常枪法。

目光敏锐的 Saber 看出接连不断的连击当中有一次攻击的精准度稍逊。她用不着使剑硬挡，只要转身闪躲，接着利用身上坚固的铠甲便足可防御。如果想要在劣势中伺机反击的话，这就是 Saber 等待已久的大好机会。

Saber 心意已定，长剑一翻，朝向 Lancer 的肩膀砍去。即使红枪枪尖会划过她的侧腹，但是既然已经决定无视，她也不再理会。这么浅的攻击会被铠甲弹开。但是相对的，Saber 的长剑将会由 Lancer 的肩上斜斩下来，将他一刀两断——

还没真实感受到痛楚之前，Saber 的直觉已经让她免于惨亏。

砍下的剑还在空中游移，Saber 纵身向旁边一滚。不过她还是略晚了一步，因为 Lancer 呼啸而过的枪头已经刺出了几滴鲜血。

流血的是谁当然不言自明。

Saber 在地上翻滚以闪躲 Lancer 的追击。她翻身站起，牵制对手。可是眉目间却难掩痛苦的神色。

“Saber!”

先不管究竟发生了什么，爱莉斯菲尔驱动魔力，对 Saber 的侧腹施展治疗术。

“——谢谢你，爱莉斯菲尔。我没事，治疗很有效。”

Saber 虽然这样说道，但或许因为疼痛还没有完全消退，还是用手护着侧腹。

“果然没办法这么轻而易举从你手中抢下胜利……”

Lancer 低声说道。但他的语气中没有一丝失望，反而兴致高昂。和强敌交手似乎让这个男人打从心底觉得快乐。

Saber 虽然心中懊悔，咬紧牙关，但还是冷静地在脑海中将一连串让人难以置信的事情逐一排列，把一片片拼图拼凑起来，还原真相。

她的铠甲确实已经挡住Lancer的长枪，但是枪头上还是沾染了Saber的血。

而且Saber的铠甲现在依然没有一点伤痕。

依照这些状况来推测，代表当长枪碰触到铠甲的瞬间，Saber的铠甲消失了，所以枪尖直接刺中了身体。

Saber虽然无法化为灵体，但是她可以任意让身上这套战斗用的铠甲实体化或是消失。也就是说Saber的铠甲是用魔力组成的，而不像爱莉斯菲尔购买的服装是真实的。

再加上“风王结界”令人匪夷所思的破裂……只有和Lancer长枪交击的时候，集合风的结界才会发生破洞。

“……原来如此。我已经看出那柄长枪的秘密了，Lancer。”

Saber低声说道。现在她终于知道自己遇见的强敌有多难缠。

那柄红色的长枪可以阻断魔力。

可是其效力还没有强大到足以破坏魔力的根基，彻底解除魔力效果。所以现在Saber的铠甲还存在，“风王结界”的运作也依然正常。长枪的效果只有碰触到的一瞬间而已，只有在那一瞬间才会截断魔力的流动，让魔力无效。

这项宝具的确没有特别强大的破坏力，不过足以构成威胁。从灵武装的优劣之分可以说取决于武装上的魔力或是魔术效能。但是面对这位“枪兵”，从灵的武装越强大，优势就越容易被推翻。

“如果你想要依靠那件铠甲护身的话，我看还是免了吧，Saber。在我的长枪之前，你就像是赤身裸体一般。”

Lancer调侃般的话语让Saber嗤之以鼻。

“不过只是破解铠甲而已，你就这样得意忘形吗？”

既然已经知道Lancer长枪的威胁所在，Saber心中更无所畏惧。局势还是平分秋色。

此时，覆盖着Saber全身的银色甲胄忽然如同水花般四散纷飞。

爱莉斯菲尔惊讶地吸了一口气，Lancer则是露出警戒的眼神。

Saber自己主动卸下了甲胄，胸甲、腕甲、长裙状的裙甲甚至护足，没有一件留下。随着清脆的金属声响而崩散的铠甲断片失去了来自Saber供给的魔力，立刻如云霞般消失无踪。

“既然挡不住那柄长枪，那就在防御之前先杀了你。觉悟吧，Lancer。”

身穿蓝色单衣的轻装，Saber再次摆出架势。她将长剑放低，剑刃向后荡去，侧身与Lancer对峙。这个架势代表她已经不在乎防御，只求用全身的力气使出由下而上的斜斩，将对手一击斩杀。

显然Saber已经做好准备，要以接下来这舍身一击决定胜负。

“真是果断，打算来个一招定江山是吗？”

Lancer露出满足的神情，仿佛看到了什么令他怀念的事情。但是他的语气中明显透露出紧张的情绪。

Saber褪下铠甲之后不仅可以让动作变快，还能把形成以及维持铠甲所需的魔力全数灌注在攻击当中。对拥有“魔力释出”技能的Saber来说，具有很大的差别。

所谓的“魔力释出”就是利用高压将魔力储存在手中的武器

或是自己的四肢，朝任一方向瞬间放射，借以大幅提升运动能力的强大技能。这就代表 Saber 的一举手、一投足都会带有魔力形成的喷射气流。就体格上来说 Saber 不过是个身材娇小的少女，她之所以能够轻松挥舞大剑，发挥强悍战士的战斗方式，其秘诀也是在此。

Saber 能够将多余的魔力全数转化为近身战的机动力，如果连维持铠甲所需的魔力都使用在“魔力释出”的话，其力量以及速度少说能够再增加六成……破坏力已经可以让她使出足以一击必杀的攻击。

以舍弃防御力所得的优势来弥补防御力被剥夺的劣势。这就是 Saber 为了对付 Lancer 的“破魔之枪”所得出的答案。

“我很中意你的那份勇敢还有果断的决心……”

Lancer 如同一位面对蛮牛的斗牛士，踩着故意刺激对方的轻快脚步，不停往侧边移动位置。

“但是以现在的状况而言，这可是一项错误的选择，Saber。”

Saber 不为 Lancer 的话语所惑，冷笑回应道：“这可说不定。有什么建议，等你挡住接下来这招之后再说吧。”

Lancer 自己想必也很清楚。面对 Saber 接下来的突击，长枪对剑在攻击范围上的优势一点意义都没有。如果不能掌握 Saber 的速度，等着自己的就是一刀两断的下场。

Saber 一边冷静地注视着对手的轻盈的步伐，一边计算出剑的时机。Lancer 现在一定正在从她全身散发出的魔力密度来估算 Saber 冲刺的速度吧。可是除此之外，她还另有妙计……

Lancer 的运足稍微……只有稍稍一点……变迟钝了。

脚下道路的柏油已经翻起，变得有如石子地一般。地上似乎有一点障碍物，让 Lancer 的下盘力道一滞，动作稍有停顿。

Saber 掌握住这一瞬间。

大气磅礴地发出一声破裂的咆哮。原本无形不可视的黄金宝剑大放光芒，让黑夜化为白昼。

“风王结界”除了压缩大气，让曲折光线以迷惑敌人视觉之外，还有一个附带用途。在解开结界的一瞬间，可以将超高压力所凝聚的空气变成一阵狂风，往敌人轰过去。这是一种一次性的远距离攻击。

现在 Saber 的妙计是把这一招加以变化。她之前大力挥剑，让剑尖朝向背后的架势……就是为了提高冲刺的速度。

喷射气流由黄金之剑释放，朝 Saber 的正后方爆发。喷射气流再加上 Saber 舍弃铠甲，用浑身力道使出的“魔力释出”使她的身体化为超音速的炮弹。

Saber 此时的速度实际上已经达到一般前进速度的三倍。在她踏出脚步的那一刻起，一切迎击或是闪躲动作都来不及了。Lancer 的长枪可能会重创 Saber，但是在那一刹那间 Lancer 也会被她一剑砍死。这一招带着粉身碎骨的决心，不惜舍身只求必胜一剑。数倍于音速的超高速冲刺突破大气的阻碍，冲击波将周围的残垣断瓦如同树叶一般吹起。

Lancer 没有动作。红色枪尖一动也不动，似乎已经放弃迎击。

取而代之做出动作的是——他的脚。

在高度集中的意识当中，比一刹那还要短暂的时间流逝被拉长，流动变得非常缓慢。

这时候 Saber 才察觉，原来 Lancer 的破绽是伪装的。他的脚步踏错不是偶然，而是为了预先站在那个位置而停下脚步。

也就是说，那个位置是 Lancer 早就计划好的必胜点——当他从双枪换持单枪时，扔下左手短枪的地方。

Saber 的脑海中回想起 Lancer 说的话。

“这可是一项错误的选择。”

就在此时，Saber 看见掌握必胜之机的 Lancer 脸上凌厉的笑容。他的眼神比语言更加明白地告诉 Saber……

“你的这个失误，我要定了。”

Lancer 不是用提枪的手腕，而是用脚尖踢起砂石。被踢起在空中的不只有砂砾，还有刚才 Lancer 抛下的短枪。弹起在半空中的短枪枪头正对着 Saber，原本与长枪一样包覆住整杆枪的咒缚已经解开，露出底下的黄色枪身。

Saber 的第六感，超越理论思考的战斗判断天赋让她的失策真相大白。

使枪的正当战法就是两手执一枪——这个先入为主的观念本身就是一个陷阱。她之前认为左右两手各操一枪的技巧不过是 Lancer 用来欺敌的手段。

可是如果双手各使一枪本来就是 Lancer 真正的武技。

如果那位从灵原本就是使用“双魔枪”而名震天下的英灵。

没错，所谓的宝具——不一定只有一件。

Saber已经无法减速，只能直线前进。Lancer踢起的黄色短枪的枪尖弥漫着不逊于红色长枪的恐怖魔力，虎视眈眈地对着Saber，等待一瞬间之后刺穿Saber咽喉的那一刻……

ACT.4

−153：59：42

“……不妙啊，这下真的不妙。”

在冬木大桥钢骨桥拱上眺望仓库街之战的Rider站起身子，低声喃喃。

“什么事情不妙？”

韦伯第一次看到巨汉从灵露出焦躁的表情，心中七上八下。他维持攀附着钢骨的姿势问道。

“Lancer那家伙使绝招了，他想要速战速决。”

“不，这样不是很好吗……”

“笨蛋，你在胡说什么。”

锵地一声。Rider踏得脚下的钢骨铿锵作响。全身紧贴住钢骨的韦伯被这股摇晃震到骨头，差点又惨叫出声。

“朕本来想在多几个人到齐之前先看看情况。可是这样下去，Saber有可能会被淘汰。等到事情发生就来不及了。”

“来、来、来不及？你不是计划等那些人杀得两败俱伤之后再攻击吗？”

“……你这小子，朕不知道你是哪里搞错了。”

Rider皱起双眉，好像看到一场不好笑的小丑表演，十分扫兴地低头看着自己脚边的召主。

“朕确实希望其他从灵出面接受Lancer的挑战。这还用说吗？与其一个一个找，一次对付全部的人不是比较省时省力吗？”

“……”

韦伯忘了应该要回话。自己与这位胆大包天的英灵之间认知落差之大让他哑口无言。

“一次……对付全部？”

“当然。这种能与不同时代的英雄豪杰交手的机会可是千载难逢。况且还有六个人之多，当然不能放过任何一个。”

自Rider的喉咙中发出凶猛又危险的低啸，仿佛雄狮的低鸣一般，可是嘴角吊起的表情看起来又像是在笑。韦伯已经知道这种表情是他特有的低笑方式。

“现在Saber还有Lancer就在眼前，他们两人已经让人如此热血沸腾。朕很中意他们，让他们丧命太可惜了。”

“你不让他们丧命那怎么行！？圣杯战争就是互相残杀呀！哇哇！”

韦伯半歇斯底里地训斥Rider，可怜他的声音因为一记弹额头而被打断。

“胜利而不亡之；支配而不辱之。这才是真正的‘征服’！”

Rider挺起胸膛大声说完，拔出腰际的佩剑对着半空虚劈一剑，斩开空间。

翻腾的魔力随即奔流而出，一具灿然生辉的大型宝具随着魔力的奔流现世。韦伯几乎被四周卷起的狂风吹走，忍着不发出惨叫声，死命抱住钢骨。

“表演就看到这里了。我们也出发吧，小子。”

话声刚落，Rider翻起斗篷，纵身跃上那件宝具。

“笨蛋、笨蛋、笨蛋！你的行为简直莫名其妙！”

“嗯？你不高兴的话，要留在这里看吗？”

“我要去！你这笨蛋，带我一起去！”

“很好，这样才配当朕的召主。”

Rider 豪爽地放声大笑，轻轻地拎起韦伯的衣领，让他坐在自己身边。

“就是现在。奔驰吧，神威的车轮（Gordias Wheel）！”

征服王的宝具发出震耳雷鸣，回应他的呼唤。

× × × × × × × × ×

逆卷的狂风、生与死的交错。

身形交错的剑士与枪兵之间绽放出一朵鲜艳无比的大红色血花——然后在一瞬间凋零。

Saber 奔驰而过后静止不动。同一时间，两人转身。

双方都还屹立不摇，与敌人战斗的意志也仍未稍减。两位英灵都还健在。

胜负尚未分晓的原因是因为 Saber 在最后的最后实时对情势作出判断，勉强让她还来得及使冲刺轨道产生分毫的偏移。

结果原本等着要刺穿 Saber 的黄色短枪没有刺进她的胸口，只戳破了她的左手腕。Saber 手中举起的黄金宝剑同样也稍微一滑，没有伤到 Lancer 的要害。斩击的剑尖砍到的是 Lancer 的左腕……两人很巧合地都伤在同样的部位。

但是他们为了这道伤痕所付出的代价是否也相等呢？

“你还真是难缠，不肯痛痛快快地落败啊……那份顽强不屈真的非常了不起。”

Lancer 面露凄怆的笑容看着 Saber，对手臂内侧被割下一块肉的伤势似乎毫不以为意。果不其然，Lancer 的伤势仿佛像影片倒带一般，自动愈合，没有留下一点痕迹。以从灵本身的治愈能力来说，这样的恢复速度实在太快。应该是目前尚藏身于暗处观看战况的 Lancer 之主施展了治愈魔术吧。

反观 Saber，她端正的美貌难掩痛苦以及焦急的神色。

Lancer 的枪只是浮在半空中，与 Saber 两手紧握着剑柄的长剑力道当然不同。Saber 下臂被短枪刺穿的伤势比 Lancer 还要轻。至少从伤口外表看起来是这样。

"……爱莉斯菲尔，请你也为我治疗。"

"我已经施过魔术了！都已经用了，可是为什么……"

比起受伤的 Saber 本人，在后方支援的爱莉斯菲尔更显得仓皇失措。

爱莉斯菲尔的确是最优秀的魔术师。先不论她经历过漫长且高难度的锻炼，她的身体本来就是针对强化魔道而"设计出来的创造物"，使用治愈魔术这等小事不可能会出错。就算万一真的失败了，爱莉斯菲尔自己也会知道。

但是——

"治愈魔术的确有产生效用。Saber，你现在应该已经是完全复原的状态才对。"

"……"

Saber 一边谨慎注意 Lancer 的一举一动，一边凝视左手腕的伤势。伤口的出血不多，看起来应该是很浅的小伤。麻烦的是手腕肌腱被切断，五指当中最重要的拇指无法活动。这样一来她就没办法用足够的握力持剑。

Saber自己也知道爱莉斯菲尔的处理并没有问题，但是手腕上的伤口却没有愈合。左手的拇指就好像是她天生的残疾一般，完全无法动弹。

Lancer见Saber不攻过来，以从容不迫的姿势弯腰用左手拾起掉落在地上的黄色短枪。

“你很聪明，能够发现铠甲抵挡不了我的‘破魔红蔷薇’（Gae Dearg）。”

Lancer毫不在意地说出自己宝具的真名。大概是认为已经让Saber知道了宝具的效能，没有必要再隐瞒了吧。

“可是，舍去铠甲却是你的判断疏忽。如果没有脱去铠甲的话，你就能够挡下‘必灭黄蔷薇’（Gae Buidhe）了。”

Lancer一边说道，一边将右手的红色长枪以及左手的黄色短枪各自像是展翅般高高举起，和战斗刚开始时的姿势一模一样。那副架势并不是欺骗敌人，而是这位战士在历经苛刻的锻炼之后所练就的独门战法。

“原来如此……一旦被刺中，伤口就绝对不会愈合的诅咒之枪。我应该更早发觉的……”

斩断魔力的红色长枪以及带有诅咒的黄色短枪，再加上右眼下能够迷惑女性的一点哭痣——有了这些条件就能轻易看出Lancer的身分。他的威名列于凯尔特的英雄传说中，以传承来说，与亚瑟王传说还有几分渊源。奇怪的是Saber本人在此之前竟然完全没有察觉。

“费奥纳骑士团当中最顶尖的战士……‘灿烂的美貌’迪卢木多·奥迪那（Diarmid O’Dyna）。没想到我竟然有幸与你交手。”

“这就是圣杯战争的奇妙之处吧……可是觉得荣耀万分的应

该是我才对。只要是超越时空，被选召到‘英灵之座’的人，任谁都不可能认错那柄黄金之剑。”

第四次圣杯战争中参战的 Lancer 从灵……凯尔特的英灵迪卢木多·奥迪那。

Lancer 的真实身分终于被识破，但他反而露出爽朗的表情，眼神斜瞥着 Saber 说道：“与那位名满天下的骑士王交战还能抢下一城。呵呵，看来我也还不赖嘛。”

一旦成为英灵，他们就会隔离在时间的流动之外，不会受到历史发生前后的拘束。只要该传说比他们受召唤的时代更早，就算是出生时间比自己更晚的英雄，他们也会拥有相关的知识。迪卢木多也认识往后将他的故乡带向光荣之路的亚瑟王传说。

“好了，现在我们都知道彼此的名号，终于能以骑士的身分进行正式的比斗……还是说一只手被废之后再战让你觉得不满吗？Saber。”

“别说笑了。只受了这种程度的手伤就得接受敌人的同情，这才是奇耻大辱。”

Saber 毅然放声说道，可她心中不禁咬牙痛悔。

“只是一刺，付出的代价太大了……”

Saber 再次编织魔力，以白银铠甲罩身。面对 Lancer 的“破魔红蔷薇”，穿上铠甲依然只是浪费魔力而已，却能够用来防御更致命的“必灭黄蔷薇”。“风王结界”也再次吸聚周围的大气，将黄金宝剑收入无形的剑鞘当中。

任何方式都无法治愈黄枪的诅咒，恐怕只有破坏那杆黄枪，或是打倒持有者迪卢木多才能够解咒。Saber 必须用剩下的右手打倒 Lancer 的双枪才行。只要有“魔力释出”技能的辅助，单用右手持剑并非难事。可是如果不能运用双手以浑身力道使出斩击的话，就无法施展她的必杀绝技“应许胜利之剑”。

但是——至此 Saber 的斗志非但不见减退，反而更加旺盛。

将两件宝具中的一件用来牵制敌人，让敌人完全疏于防备另一件宝具。如此缜密的谋略让 Saber 心中对 Lancer 的赞许之意更甚于遭到算计的愤怒。

眼前的敌人确实是强敌。

在圣杯战争的第一场战斗就遇上这样无可挑剔的绝佳敌手。身为一生为剑而活的武者，Saber 岂能不为这种邂逅感到激昂？今天她与迪卢木多之间的对峙不只是比拼武艺，还将会是一场考验智谋战略的极限战斗。

Saber 心中的振奋昂扬虽然没有以语言表达，但是 Lancer 也已经感受到了。事实上，面露满足笑意的 Lancer 内心也和 Saber 一样。本来他以为“必灭黄蔷薇”的奇袭陷阱绝对可以打倒对手，可 Saber 以一只左手为代价便克服了陷阱，使他对 Saber 又敬又畏。这场战争的胜利价值变得更加崇高，也让他欣喜不已。

两位骑士英灵就连战斗精神都很相似，能够彼此交心。

“觉悟吧，Saber。下一招就要你的命。”

“如果那时候你还活着的话再说吧，Lancer。”

两人桀骜不驯地彼此挑衅，一边观察对方的必杀招，一边小心翼翼地缓缓缩短距离。

神剑与魔枪，一触即发。

就在此时，冰冷而澄澈的压迫感被一阵突如其来的轰雷巨响打破。

“！？”

Saber与Lancer两人同时转头往东南方的天空凝神望去。巨响的来源很明显，一定就是那个一边在夜空中散出交错纵横的紫电闪光，一边从天空朝着两人直线奔来的物体。

愕然的爱莉斯菲尔说出了她心中的惊讶。

"战车?"

光从外观上判断的话，那是一辆造型古典的双骑战车。系在车辕上的不是战马，而是两头筋肉发达，极为强壮而健美的公牛。公牛的铁蹄踏着一无所有的虚空，拉着装饰华丽的战车直驰而来。

不，它们不光是浮在空中而已。战车的车轮发出辘辘转动声，两头公牛蹄下踢踏的不是大地，而是耀眼的闪电。

牛蹄以及车轮每一次"蹬踏"虚空，紫色闪电就会划出蛛网状的触手，发出轰轰雷声撼动大气。每一次巨响放出的魔力压力都足以匹敌Saber或Lancer使出的全力一击。

如此怪异的现象，如此庞大的魔力释出，这绝对是从灵的宝具没错。在场的人不用多想，都知道意图介入Saber与Lancer之间对决的第三名从灵出现了。

"……"

Saber和Lancer两人神色凝重地瞪视这辆不请自来的战车。不只爱莉斯菲尔，就连尚未露出庐山真面目的Lancer之主同样也感到战栗。

挟带着如此强盛的雷气，对方应该是雷神或是类似的英灵。然而说到与公牛有关系的雷神，第一个让人想到的就是奥林匹斯的至高神。当然那位神祇的等级更甚于英灵之上，所以不可能是他。不过就算那位英灵只是他的眷属，也绝对是极为可怕的威胁。

奔驰在雷电上的战车高姿态地在 Saber 以及 Lancer 头顶上的天空中盘旋之后，减低速度降落在地上。降落的位置正好在对峙的两位英灵正中央，挡住双方的锋刃。着地的同时，耀眼的雷光也跟着退去，一名彪形大汉威风凛凛地挺立在驾驶座上。

“双方都放下武器，你们现在正在王的跟前！”

巨汉不疾不徐地大声说道，音量堪比战车在天际现身奔驰时的雷鸣声。他的双目炯炯有神，光凭一身气魄仿佛就足以逼退正在彼此对峙的宝剑以及长枪。

Saber 与 Lancer 两人都是享誉天下的英灵，气度过人，当然不会因为别人大声咆哮而退缩。一旦知道这名刚现身的英灵不是为了袭击而来，只是想要扰乱 Saber 与 Lancer 的对决而出手妨碍，他们还是因为不知其意图而感到犹豫。

巨汉骑者见已经压制了两人的气势，态度严正地继续说道：

“朕名为‘征服王’伊斯坎达尔，在此次圣杯战争当中获得 Rider（骑兵）之座而现世。”

在场所有人更是惊讶不已。在圣杯战争的战场上，真名乃是攻略关键，根本不可能会有从灵自报真名。然而所有人当中最惊讶的，莫过于 Rider 身边蹲在驾驶座上的韦伯。

“你，你的脑子里到底在想什么啊？你这笨蛋！！！”

韦伯因为过度慌乱，就连对 Rider 巨大身躯的恐惧感都已经遗忘。他一边尖声叫唤，一边抓住征服王的斗篷。

啪地一声，无情的弹额头声响遍夜空，抗议的尖叫声陷入沉默。除了右手中指以外，Rider 一脸好像什么事情都没发生过似的，转头看着自己左右方的 Saber 与 Lancer，向两人问道：“虽然吾等是为了追求圣杯而竞争才会在此相会……但是在动手之前，有件事要先一问。朕不知道汝等要对圣杯许什么愿望，可是现在先好好想一想。那个愿望比吞食天下的伟大愿望还要更加重要吗？”

Saber 虽然不知道对方提出这个问题想要说什么，可是她直觉感到对方的真正意图有所不轨，不禁怒上眉梢。

“你这家伙——到底想说什么？”

“嗯，简单来说的话……”

说到这里，Rider 的态度依然威严，但是口气却突然变得莫名的轻松和善。

“汝等要不要臣服于朕之下，将圣杯让给朕呢？这样的话，朕就会将汝等当成挚友礼遇，将征服世界的快意与汝等分享。”

“……”

这个提案实在太过异想天开，Saber 已经气到不知该说什么才好。站在对面的 Lancer 似乎也还摸不着头绪，不晓得该如何反应。

征服王伊斯坎达尔的确是非比一般的英灵。在人类的历史当中，没有哪一个人比他更接近实现征服世界的梦想野心。

但即便他再伟大，这种嚣张的提案又是另一回事。突然跑出来大声自报名号，然后连打都没有打就开口要求别人臣服。这种破天荒的行为简直根本不把圣杯战争的规范放在眼里，让人难以判断这究竟是英明的决定还是愚蠢的行为。

“这个……胆敢先报上名号的气魄我深感佩服……可是我不能答应你的提案。”

Lancer 带着苦笑摇摇头，但是眼神却没有一丝笑意。如同刀锋般锐利的恫吓眼神直接对上征服王的睥睨视线，爆出火花。

“我只会将圣杯献给在今生交换誓言的新君主，而那个人绝对不是你，Rider。”

“你就是为了要表达这种无稽的戏言才妨碍我与Lancer的对决吗？”

Saber在Lancer之后接着说道。与俊美的枪兵不同，她的脸上连一点笑容都没有。对个性严肃认真的Saber来说，Rider提案本身就已经让她觉得非常不高兴。

“你的玩笑太过分了，征服王。身为一名骑士，这种羞辱让人难以忍受。”

面对Saber与Lancer双方充满强烈敌意的眼神，Rider好像有些困窘似的咕哝了一声，骨节突起的拳头按在自己的太阳穴上搓揉。动作虽然看起来让人觉得逗趣，却一点都不减威风凛凛的态度，真是一个存在感极为特殊的人。

“……待遇可以再商量？”

“啰嗦！”

Rider还想试图笼络两人。Saber与Lancer则异口同声拒绝。Saber更是不悦地补充说道：“再怎么说我也是一国之主，肩负着整个大不列颠。你这大帝再伟大，我也不可能投靠在你麾下。”

“喔？你说你是不列颠之王？”

Rider似乎对Saber的发言非常有兴趣，夸张地扬起眉毛。

“真让人惊讶，没想到大名鼎鼎的骑士王竟然是这样一位小姑娘。”

“尝尝这位小姑娘的剑如何？征服王。”

Saber沉声说道，手中长剑摆出架势。虽然左手还是没有握力，只是用四只手指搭在剑柄上。但是剑身上散发出的斗气比对抗 Lancer 时更加强烈。Rider 皱起眉头，深深叹口气。

“交涉决裂啊。真是可惜，实在太让人遗憾了。”

Rider 喃喃说道，低下头来，眼神正好与他脚边向上看的怨恨视线对个正着。

“Rider！！！”

因为额头高高肿起的疼痛，以及更甚于额头疼痛的凄凉与怨怼，让韦伯的语调极为低沉而嘶哑。

“看你现在怎么办。说什么征服不征服，结果还不是搞得人人喊打……难不成你真的以为可以把 Saber 和 Lancer 收为手下吗？”

巨汉从灵放声大笑，对自己召主的质问一笑置之，一点歉疚之意都没有。

“这个嘛，不是有人说‘凡事都要勇于尝试’吗？”

“因为‘凡事都要勇于尝试’，所以你就自曝真名吗！？”

恼怒至极的韦伯一边用无缚鸡之力的两只拳头砰砰连续敲打昂然挺立的 Rider 胸甲，一边抽着鼻子啜泣。看着眼前让人鼻酸的一幕，爱莉斯菲尔的心中感到一种既不是轻蔑也不是同情的难以言喻的尴尬感觉。

这样莫名的舒缓气氛——

“是吗，竟然是你……”

因为一道如同来自地狱深处般的怨恨声音又再次冻结。

说话的是现在还隐而未出的 Lancer 召主。那个男人，亦或是女人自从催促自己的从灵使用宝具之后便不再说话，静静地观战。此时又突然开口，不知道有什么企图。而且口气与刚才截然不同，语调中充满赤裸裸的憎恨之意，让人一听就知道其中必有隐情。

“我还在想你究竟吃了什么熊心豹子胆，胆敢偷走我的圣遗物……没想到你竟然是打着自己参加圣杯战争的主意啊。韦伯·菲尔维特先生。”

韦伯听到这充满怨恨语气的声音呼唤自己的姓名，终于发觉对方憎恶的对象是自己。不只如此，他也察觉那道声音的主人是谁。

“啊……呜……”

他之前怎么都没有想到。那个人的地位能够在时钟塔担任讲师，就算伊斯坎达尔的斗篷遭窃，还是可以拿到其他英灵的圣遗物。这样一来，那个男人自然一定会成为韦伯的仇敌，来到冬木市出现在他面前。

“遗憾啊，委实让人感到遗憾。我很希望自己可爱的学生可以过得幸福快乐呢。韦伯，像你这样的庸才本来可以像个庸才一样，过着凡庸而和平的人生啊。”

那道声音为幻术所混淆，不知来自何方。可是韦伯已经重新回忆起那股以前他体会过好几次的反胃感——讲师肯尼斯·艾梅罗伊·亚奇波特那张冷峻的白细面孔，还有蓝色眼眸带着污蔑与怜悯的眼神由头上俯视自己的感觉。

韦伯很想回两句机灵的场面话嘲讽他。自己已经捷足先登，成功让英灵伊斯坎达尔成为自己的从灵了。这不是替自己长久以来在时钟塔受的屈辱痛痛快快地报仇吗？

没错。他们已经不是导师与学生的关系了，现在那家伙是真正不折不扣的敌人。韦伯可以尽量恨他，甚至还可以光明正大地要了他的命。

可是——对对方来说亦是如此。

韦伯在时钟塔度过的几个年头当中，无时无刻不对那位傲慢的讲师感到痛恨，有几次甚至想动手杀人——但是相反的，这却是他第一次面对对方的敌意。少年现在初次体会到魔术师真正带着杀意的眼神是什么样。

那个说话的人很敏锐地看出韦伯因为恐惧而浑身僵硬。他用一抹冰冷得叫人毛骨悚然的温柔语调，以嘲讽的语气继续说道："真是拿你没办法啊，韦伯先生。我就特别为你开一堂课外教学吧。我会把魔术师彼此残杀的真正意义——那种恐怖与痛苦彻彻底底传授给你。你应该要觉得很光荣。"

事实上，韦伯早已经吓得动弹不得了，他甚至没有多余心力感觉对方在羞辱他。

真正的魔术师所代表的意义就是看破死亡……韦伯以往只是在字面上知道这条大原则，现在他终于亲身体会到了。那个男人不知从何处投射而来的视线就是这样地恐怖而凶狠。韦伯从来都不知道，魔术师心中的杀意竟然是如此决绝的"死亡宣言"。

就在此时，一股强而有力的暖意搂住了少年独自忍受着恐惧而不停颤抖的细瘦肩膀。

韦伯自己也对这坚实、庞大又温暖的触感吃了一惊。巨汉从灵的这只巨灵大掌——对身材矮小的召主来说，这五只骨节突出的粗壮手指原本只会让他感到畏惧而已。

"喂，魔术师。照这样听起来，你原本好像想要代替这小子当朕的召主是吧。"

Rider 对着不知藏身于何处的 Lancer 之主叫唤道。接着他的表情突然一变，露出狡狯的怜悯笑容。

“如果真是这样的话，那可就笑掉别人大牙啦。能够成为朕之召主的人必须是与朕并肩驰骋于战场上的勇敢男子汉。就连露出真面目都不敢的胆小鬼岂够资格担任朕的召主？”

“……”

一阵无言的沉默之下，无形之人的怒气在夜晚的氛围中传开。Rider 纵声大笑，对着无人的夜空，提高音量大声喊道：“喂！还有其他人隐藏在黑暗中偷看吧！”

Saber 与 Lancer 听见他的话都露出诧异的表情。

“……这是怎么一回事，Rider？”

Saber 问道。征服王则是带着满脸笑容，对她竖起大拇指。

“Saber，还有 Lancer。汝等光明正大的对决着实精彩万分，汝等战斗打得如此精彩激昂，被吸引出来的英灵想必不会只有朕一人吧。”

爱莉斯菲尔心中一直担心是不是藏身在某处的切嗣被发现了，不过看来 Rider 的意思只是在说从灵而已。Rider 再一次用响彻天际的嗓门对着周围大声呼唤。

“丢脸，真是丢脸！诸位齐聚在冬木的英雄豪杰们。看到 Saber 与 Lancer 在此所展露的豪迈气概，难道你们胆敢说一点感觉都没有吗？虽然诸位各自拥有值得骄傲的真名，可是如果从头到尾只是鬼鬼祟祟地躲起来偷看的话，也不过只是懦夫一名，算得上哪门子英灵！？”

Rider 语毕又是一阵豪爽的大笑。然后他稍微侧着脖子，露出冷笑，用极为挑衅的眼神环视四周。

“现在！受圣杯所选召的英灵全部到这里集合。如果还有哪个懦夫不敢露面，他就要接受征服王伊斯坎达尔的轻视！”

Rider 热力四射的演说甚至传到货柜集散场，连利用夜视瞄准器观看一切的切嗣都听得一清二楚。想必在相反方位监视的舞弥一定也听见了吧。

太古英雄的思考回路远远超出切嗣的理解之外，他已经想叹气都叹不出来了。

“……世界竟然曾经几乎被那种笨蛋给征服吗？”

“……”

在通话器彼端的舞弥似乎也是无言以对。

言峰绮礼坐镇在遥远彼方的冬木教会中，经由隐身于暗处的 Assassin 的视觉与听觉监视现场状况。他也和切嗣与舞弥相同，看见、听见了 Rider 的一言一行。绮礼将自己见闻的所有详细情况经由身旁的宝石通讯机转述给远坂时臣知道。

“……这下糟了。”

来自远方远坂家的言语从黄铜制的喇叭中传出，话语中带着苦涩的语气。虽然明知说话的人不在眼前，绮礼还是忍不住皱眉颔首。

“的确糟糕。”

时臣和绮礼两人无法像切嗣一样对 Rider 的发言嗤之以鼻。那是因为他们心中都知道有一位英灵偏偏对这种激将法绝不可能充耳不闻。

−153：53：08

在 Rider 咆哮了一阵之后，紧接着出现一道金黄色的光芒。

那道刺眼的金光虽然有一点吓到众人——但是在场所有人心中都已经不觉得惊讶了。不用说，现在现身的人一定就是受到 Rider 挑衅而出面的第四位从灵。让众人觉得可怕的反而是在这场圣杯战争刚揭幕的战役中竟然就有四名从灵齐聚在一起。已经没有任何一个人能够预测接下来事态会如何发展。

金色光芒最终降临在离地十余米高的路灯顶端，化为一道身披闪耀盔甲的挺拔人影。看到那人绚烂耀眼的容貌，韦伯忍不住倒抽一口气。

“那个人是……”

虽然之前看到他时只有短短一瞬，但是那人的存在感如此强烈，韦伯不可能认错人。悠然挺立在挑高路灯上的人就是昨天晚上展现出压倒性破坏力，将入侵远坂家的 Assassin 葬送在黑暗中的神秘从灵。

包裹住全身的重装盔甲看起来不像是 Caster（魔术师）的打扮，而且如果他是回应 Rider 的呼唤而出现的话，就证明他具有足够的理智能够将挑衅视为挑衅，也就是说他不是没有理性的 Berserker（狂战士）。

这么一来利用消去法一算，剩下来的就是三大骑士属性中的最后一人——Archer（弓兵）。

“没想到一个晚上竟然会冒出两个无耻之徒，无视本王的存在自称为王。”

金黄色的英灵开口第一句话就面露极为不悦的冷笑，鄙夷地睥睨着底下正在对峙的三位从灵。傲慢的态度与口吻和征服王相仿，却又完全不同。征服王的声音以及眼神没有他那么冷酷无情。

Rider 似乎也没有料到竟然会出现一个比自己还要咄咄逼人的对手，好像有些惊讶，困惑地搔搔下颚。

“这可真让人为难了……朕伊斯坎达尔正是举世皆知的征服王啊。”

“愚蠢之徒。天上天下唯有本王一人才是真正的王者英雄，其他人都只不过是一群乌合杂种而已。”

Archer 淡淡地撂下这段极其藐视他人的宣言，就连 Saber 听到这句话都脸色大变；但是 Rider 颇宽容，听过之后没有什么反应，只是无奈地叹了一口气。

“既然你把别人说得这么难听，那就先报上名来如何？如果你也是一国之君的话，应该不会不敢说出自己的威名吧。”

Rider 半开玩笑地回嘴。Archer 鲜红双眸中的狂傲怒意越来越盛，瞪视着眼下的彪形大汉。

“你这是在问话吗？卑贱杂种竟敢对本王问话？”

只要依照常理判断，任谁就会觉得 Rider 说的话应该比较有道理。不过从 Archer 的观点来看，这样似乎就是大大不敬。金黄色的英灵开始散发出赤裸裸的杀意，他的反应显然与试图隐藏真名的算计行为无关，单纯只是来自于情绪化的暴躁个性。

“有幸得见本王，竟然还敢说不识本王的尊容。此等蒙昧之辈不值得留命在这世上。”

Archer说完，在他左右的空间油然生出如同海市蜃楼般的歪曲——下一秒钟，雪亮的兵刃就忽然出现在虚空当中。

那是一把没有剑鞘的剑与一杆长枪，两件武器的装饰都美丽得动人心魄。非但如此，它们还释放出难以掩饰的强烈魔力，显然不是一般的武器，而是宝具。

昨天晚上曾经在远坂邸监视的人全部都明白，这正是昨天晚上发生的怪异状况——彻底压制Assassin，并将其抹杀的奇异攻击再次重现。

韦伯感到万分恐惧，不见人影的Lancer召主则是为之屏息。在远方监视的切嗣与舞弥同样也紧张地浑身紧绷。

然而还有一名男子——有一名召主与Rider和韦伯相同，从白天起就一直在追踪Lancer的动向，藏身在仓库街观察事态演变。此时他同样也正借由使魔的视觉窥看战况，凝视Archer奇异的攻击形式。

没错，完全一模一样。那个Archer就是昨晚保护远坂家免于遭受Assassin入侵的黄金英灵，换句话说，他一定就是远坂时臣的英灵。

“哈哈哈哈。”

间桐雁夜在黑暗中发出笑声，往年的憎恨让他的独眼充满血丝。

期盼已久的时刻终于来临了。在这整整一年的人间地狱中，他就是梦想着这一刻才撑过来的。

远坂时臣……

那个男人身为葵的丈夫、身为樱的父亲，却践踏了那对母女的幸福。

间桐雁夜与他仇深似海。他得到了雁夜渴望的一切，却又弃如敝屣。再怎么恨他、再怎么诅咒他都难以平复雁夜心中的怨恨。

这次一定要将长年以来的新仇旧恨一次算清。将心中翻腾的仇恨化为刀刃，向那个男人挑战的时刻终于来了——

“杀……”

将怒恨化为言语说出口真是一种超出想象的快意。雁夜此时第一次知道，炽烈至极的憎恶就和喜悦的感觉一样甘美。

时臣本人之后再解决就可以了。首先将他的从灵粉身碎骨，让那个可恨的魔术师从圣杯战争中淘汰出局。雁夜光是想象时臣的脸上充满挫败屈辱的表情，令人疯狂的亢奋感就从他体内最深处翻涌而出。

“杀掉他，Berserker（狂战士）！让那个 Archer（弓兵）死无全尸！”

这时候，没有一个人料到竟然会有一股魔力奔流从意想不到的地方爆发。

在现场所有人惊讶的目光注视之下，翻腾的魔力逐渐凝固成形，化成一道身形壮硕的人影。

那道影子站在 Saber 与 Lancer 战斗的四车道往海边方向再过去两条街的地方——没错，那异样的外表只能用“影子”两个字来形容。

“男子”高大健壮的身躯全部都包裹在铠甲之中，一点空隙都没有。可是又与 Saber 身穿的白银铠甲或是 Archer 奢华的黄金装扮完全不同。那名男子身穿的黑色铠甲既没有精致的装饰，也没有磨亮的光泽。只有如同无际黑暗、无底深渊般深邃的黑。就连脸部都被钢硬的面罩覆盖，无法窥见。唯一有的只是在面罩上凿穿的缝隙深处，一双如烈焰般灼灼燃烧的双眼所绽放出的诡异神采。

那肯定是一名从灵没错，但那种邪气腾腾的模样究竟是何方英灵？

已然现身的从灵各自都有属于自己的“光辉”，但是那位黑色骑士身上却完全找不到这种要素。阿尔特利亚、迪卢木多、征服王伊斯坎达尔以及现在还不知道名号的黄金从灵身上都有属于自己的独特“风采”，展现出他们身为英灵的骄傲。这种荣耀称之为“传说”，是集合众人的赞赏与憧憬凝聚而来，也是让他们成为“尊贵幻想”(Noble Phantasm) 的必要元素。

可是在那位刚现身的黑骑士身上却没有这种元素，真要说的话可能与 Assassin 比较相近吧。在那身黑色盔甲的周围环绕的黑暗完全是一种“负能量的波动”。

那么那个人应该不是英灵，而是某种“怨灵”吧……

“……喂，征服王。怎么你不去邀请他加入？”

Lancer 不敢有一丝大意，双眼紧盯着黑色骑士。唯有说话口气不改轻挑，揶揄 Rider。受到捉弄的 Rider 皱起脸。

“就算我想去邀他，可是那家伙看起来好像打一开始就没什么余地好谈啊。”

从黑色骑士身上散发出来的，只有无穷无尽的杀气。就连魔力产生的旋风仿佛都是怨叹的呻吟声一般邪气四射。

Berserker……每个人都直觉地知道那就是Berserker，连问都不用问。那么凶恶的杀气波动，除了狂战士之外不做他想。

“喂，小子啊。那玩意儿的从灵能力如何？”

Rider如此问道，不过矮小的召主只是傻呼呼地摇摇头。

“……不知道，我完全搞不清楚。”

“什么？你好歹也算是个召主吧。应该‘看得见’他哪些能力强、哪些能力弱不是吗。嗯？”

魔术师一旦与英灵缔结契约，成为召主的话，就会被赋予“读取”从灵能力的透视力。这是由召唤英灵的圣杯所赐予召主独有的特殊能力。像爱莉斯菲尔这样的代理召主虽然没有这种能力，但是身为Rider正规召主的韦伯是可以把其他从灵的能力偏差值与Rider的能力作比较，研拟战略让战况更有利的。现在韦伯已经透视过眼前Saber、Lancer以及Archer，也掌握了他们能力值。但是——

“我看不见啦！那个黑衣人明明就是从灵没错……可是不管能力值还是其他什么信息，我完全看不到！”

Rider见韦伯说得如此狼狈，狐疑地皱起眉头，再次凝视黑衣骑士。

黑色的甲胄看起来平凡无奇，没有一点个性特征，也没有任何表现穿戴者身分的线索——不对，他越注意看反而越觉得细处模糊不清，渐渐变得难以辨认。

不只是Rider，就连Saber、Lancer，以及在一旁观战的爱莉斯菲尔都发觉了。不管再怎么凝神观察，都无法正确地看清楚Berserker的外貌。

黑色甲胄就好像失焦的影像一般，轮廓总是模模糊糊、朦朦胧胧。有时候看起来甚至分成两三道影子。看来似乎是某种幻觉，不只是视觉，甚至连召主的透视能力都受到幻觉的影响。那位英灵应该带有某种特殊能力或是诅咒，能够迷幻敌人，隐藏自己的来历。至少 Berserker 的属性技能当中没有这种能力。

“那个人似乎也是个麻烦的敌人……”

Saber 点头回应爱莉斯菲尔的低语。

“不只是他。现在我们要对抗四个人，已经不能轻举妄动了。”

说到大混战的金科玉律，最有效的战术就是全员齐力消灭最弱的一方。所以如果在此时露出破绽，最糟的情况就是可能被迫面临以一敌四的绝望战斗。如果事态演变至此，就算是 Saber 恐怕也没有胜算。

谁会对谁展开攻势，又有谁会趁这个机会抢便宜——唯有正确判断所有敌人的动向，才能活着离开这里，这一点对在场任何一位英灵都是一样的。

对 Saber 与 Lancer 来说，彼此是目前最主要的敌人。一旦赌上尊严，兵刃相交过后，不管遇上任何事情都要以这场决斗为优先，可是这毕竟是指在没有后顾之忧，能够一对一进行公平战斗的状况。现在这里有这么多碍事者，这场决斗也只能延后了。

Rider 现在还没有明确地把某位特定对象当成目标。目前他的目的应该是想要好好品评参加这次圣杯战争的英灵吧。不过既然敢大胆出面，想必他已经准备好迎接其他人的挑战了。

Archer 明显对 Rider 与 Saber 深具敌意。对这名黄金英灵来说，Rider 与 Saber 分别自称为“征服王”以及“骑士王”似乎让他相当愤怒。特别是出言挑衅的 Rider 应该是他最优先的猎物。

问题是还有一个人。

那就是 Berserker。没有人可以判断得出这名看起来相当诡异的黑衣骑士出现在场上究竟有什么意图？现场情况本来就已经混乱得难以收拾，只要是有点脑筋的召主，都不会把英灵派出来蹚浑水，参加这场毫无战略可言的大混战。

因此所有人都怀着相同的疑心以及戒心注视着 Berserker。可是也有一个例外，Archer 火红的双眸没有一丝疑虑与迷惑，含着纯粹的怒气以及杀意，俯视下方的 Berserker。

黄金英灵已经知道黑衣骑士慑人的凝视只射向伫立在街灯上的他一个人而已。

“谁准许你直视本王？下贱的狂犬……”

卑贱之人就连视线都是卑贱而污秽。受到这种眼神的注视，对高贵之人是一种难以忍受的屈辱。现在对 Archer 来说，和僭称为王的 Rider 相比之下，不知礼数的 Berserker 更是十恶不赦。

漂浮在他左右的宝剑与宝枪缓缓掉头转换方向，锋尖对准变成首要狙杀对象的 Berserker。

“杂种。至少死得好看点，娱乐本王吧。”

Archer 的冷彻宣言一出，枪与剑在空中飙射而出。

碰也不碰一下就能射出这些不知从何而来的武器——这就是这位黄金的英灵之所以成为弓兵的原因吧。但是他对待宝具的方式实在太过随便，粗暴的投掷方式简直就像丢石头一样，把英灵最重要的宝具任意乱扔乱砸。

虽然如此，他的攻击破坏力还是极为强大。路面好像遭到爆破一般翻起，破碎成屑块的柏油化为粉尘遮住视线。

全部的人都为之屏息。

黑色的修长身影从朦胧的粉尘当中隐隐浮现。

Berserker 还活着。在他稍微移开的脚边，路面被深深挖出一个陨石坑形状的大洞。这是 Archer 射出的枪剑当中，飞得稍慢的长枪偏离目标所造成的结果。然而应该比长枪还要更早击中目标的长剑却没有造成任何破坏。

因为那把剑现在正握在 Berserker 的手中。

究竟有几个人看清楚这场以神速展开的攻防战？至少爱莉斯菲尔与韦伯就连发生什么事情都不知道。

实际的状况是——Berserker 轻而易举地将 Archer 第一次攻击射来的宝剑抓在手中，就这么利用刚获得的武器将第二击的长枪挡开。

“……那家伙，他真的是 Berserker 吗？”

Lancer 紧张地低声说道，Rider 则是咕哝着回应道：“就一个失去理性的疯子来说，他的技艺可真是高超。”

宝具是专为了使用者英灵而特别强化的专用武器，就算其他英灵拿在手中也无法完全展现威力。再怎么样都不可能发挥那种精妙绝伦的剑技，巧妙地将刹那间紧接而来的追击打飞。

不过对 Archer 来说，他心中的愤怒似乎更甚于宝具被夺的惊讶。俊俏的美貌因为极度冷峻的杀意而冻结，失去所有的表情。

“竟然胆敢用那双污秽的手碰触本王的宝物……这么想死吗，狗！”

Archer 身边再次发出闪耀光辉。又有一批新的宝具有如圣者的光环一般，在黄金英灵的周围展开，数量共有十六把。

不只是剑与枪，还有斧头、钢槌以及长矛。甚至还有一些不晓得用途以及来历的奇形兵器。

所有武器都磨得像镜子一样雪亮，还蕴含着强大的魔力。每一件武器都代表一种神秘的体现，毫不逊色……它们全都是真正的宝具，没有一件例外。

“这……怎么可能……”

韦伯忍不住开口说道，其他的英灵或是召主心里也都有同样的感觉吧。

英灵的宝具不见得只有一种。有时候确实会有一些人身怀三四种相当于宝具的超级兵器。可是就算有再多武器，三四种也已经是极限了。

而那全身金黄色装束的 Archer 却好像拥有无穷无尽的装备，接二连三地拔出宝具，用完就丢。况且从昨天晚上对付 Assassin 的战斗开始算起，没有一件武器是相同的。

“来吧！就让本王看看凭你那双不干不净的脏手，究竟能撑到什么时候！”

在 Archer 的一声令下，漂浮在半空中的宝具群一齐往 Berserker 冲杀过去。

轰隆声响震撼大气，爆炸的闪光几乎一扫黑暗，照亮了夜空。

究竟有谁会相信光是投掷刀剑之类的武器会有这么强大的破坏力？无数的宝具如大雨一般洒落在仓库街的街道上，让街道像是遭到地毯式轰炸般毁坏，惨不忍睹。

Archer 的猛攻还是不见停歇。宝具如落雷般轰下，好像要把 Berserker 站立之处连同整个街区一同消灭殆尽，一击接着一击连番猛攻。攻势非但没有间断，反而渐趋激烈——原因是因为他的目标 Berserker 到现在还依然不见败象，屹立不摇。

所有人都看得目不转睛，大感惊讶。就连置身于以一对多的战场，情势即将一触即发的危机感在此时都已经被众人遗忘了。

这完全是重现第一波攻击的状况。Berserker 用空着的左手攫住最先飞来的长矛，之后举起长矛，连同右手的钢剑一起舞动翻飞，将持续袭击而来的宝具洗礼一一击回。

这种技巧既精细又大胆，甚至可以用华丽一词来形容。虽然宝具是从 Archer 那儿夺取来的，可是 Berserker 使用起来却一点都没有不顺手的样子，就像是双手的延伸一般自由自在。洗练的手法怎么看都让人觉得手中的武器就是他使用多年的惯用兵器。

攻守双方都超乎常理。

仔细一想，那位黄金弓兵与黑暗狂战士的英灵与其他三人不同，他们的真名目前都还没有揭穿，Saber 与 Lancer 都对他们带来的威胁感到战栗。之后在前往圣杯的胜利之路上很有可能会与他们交锋，面对如此超乎想象的怪物，他们要用什么方法应付呢？

“看来那个金色家伙最有自信的就是宝具的数量。这样的话，他与那个黑衣人的和谐度简直是差到不能再差了。”

正当 Saber 与 Lancer 瞠目结舌，说不出话来的时候。Rider 则是一个人摆出游刃有余的姿态，志得意满地喃喃自语。

“黑衣人是武器越捡越强。还有那个金色的家伙也是，那样没头没脑地乱扔只会让他越陷越深。真是爱钻牛角尖。”

正如征服王冷静的分析一般，Berserker 面对 Archer 的宝具猛攻一步都不退让。反而每当有更强宝具飞来的时候，他就会弃掉手中的兵器，抓住新武器，谨慎地一件一件替换。

伴随着一阵特别强烈的巨响，十六件宝具中的最后一件武器被打落了。

在有如真空般的寂静之下，只有 Berserker 一人站立在铺天盖地的尘埃当中。除此以外，仓库、路灯以及周围一带的建筑物全部都彻底毁坏。黑衣骑士的右手拿着战斧，左手则握着单刃弯刀。剩下的宝具全部都散落在 Berserker 的脚边，或是插在周边的瓦砾堆中。没有一支兵刃碰触到那身黑色甲胄。

Berserker 蓦然举起手中剩下的两支宝具——在没有任何准备动作的情况下就将宝具朝着 Archer 射去。

不知道是投得偏了，还是一开始就没有射中的意图，战斧与弯刀击中的是 Archer 脚下所站的街灯灯柱。弯刀击中一半的地方，战斧则是直接打中接近顶端的位置，将铁柱像奶油一样打得柔肠寸断。

断成三节的灯柱倒落地面，发出巨响。但是落地的只有灯柱。黄金英灵在铁柱断裂之前就已经翻身飞跃，若无其事地降落地面了。

“可恶的愚蠢之徒……竟然让应当仰天瞻望的本王与你站在同样的大地上！”

不，看起来若无其事似乎只是旁人的感觉。

Archer 至此愤怒终于到达顶点。双眉间深深刻下的纵纹让他的美貌变得凶恶无比。“此等不敬之举，纵然万死亦难辞其咎。你这个杂种，本王绝对要让你灰飞烟灭！”激愤之余，Archer 看着 Berserker 的双眼燃起熊熊怒火，大声喝道。周边的空间第三次产生扭曲，现出枪林剑雨……

接下来出现的宝具的光辉总数共三十二道，这次就连 Rider

都沉默不语了。

虽然 Berserker 最终还是接下了十六件宝具的连续攻击，但是他一定想不到对方会使出数量更多出一倍的攻击吧。这一点其他从灵也是一样，已经没有人能够预测出 Archer 的潜力究竟到达何种程度。

“……吉尔伽美什是认真的。他打算继续解放‘王之财宝’（Gate Of Babylon）。”

言峰绮礼经由宝石通讯机传来的战况报告让远坂时臣大伤脑筋。

即使身处在远坂宅邸的地下，与战场的仓库街相距遥远，但是时臣还是能够轻易掌握现场的状况。操纵 Assassin 的绮礼与他之间的联动一如预期，发挥着良好的效果。情势应该非常完美才是。

如果要说唯一一件超出预期的要素，那就是他们所召唤出来的最强武力吉尔伽美什偏偏是以 Archer 的属性现世。

强悍的宝具可以说是 Archer 属性的特征所在，吉尔伽美什拥有等级相当于 EX 级的超强宝具，圣杯把这个属性分配给他说不定确实是必然的选择。结果是让这位唯我独尊的英雄王得到极为优异的单独行动能力，这一点却是天大的失算。

时臣相当尊敬英雄王吉尔伽美什的威名，原本打算在可容许的范围之内百分之百尊重他的意思。但是时臣万万没想到这道容许界限这么快就遭到挑战……

吉尔伽美什是时臣必须保留到最后才能动用的最终王牌。现在这段时期还是需要利用 Assassin 彻底进行侦搜活动。他绝对不会坐视必杀宝具“王之财宝”一再随便发动，暴露在众人的眼前——更何况是为了像Berserker那种来路不明的敌人而使出全力。

如果要管束具有单独行动技能而不依赖召主的从灵，除了依靠令咒这种只有三次的绝对命令权之外别无他法。特别是当手下的从灵是吉尔伽美什这种完全无心尊重召主的人，令咒就显得更加宝贵。

无论何时何地都要保持举止从容而优雅——这是远坂家代代相传的家训。时臣一直将这条家训铭记在心，却没想到自己竟然比其他召主更早面临被迫消耗令咒的局面……

“导师，请您尽快做决定。”

通讯机的另一端传来绮礼紧张的声声催促。

时臣的表情苦涩，凝视着右手的手背。

Archer注视着Berserker的憎恶眼神忽然移开。

他的视线朝向东南方，那个方向是深山町的丘陵地以及高级住宅区。不晓得有多少人察觉到那里正是远坂宅邸的方向。

“以为凭你这种人的建言就能平息本王的愤怒吗？你真是胆大包天，时臣……”

Archer的嘴角吊起，露出怨恨的神情，不屑地沉声说道。周围展开的无数宝具光芒同时一敛，又不知道消失到哪里去。

“……算你捡到一条命，狂犬。”

虽然Archer的表情仍然愤懑不平，但是鲜红色的双眸当中已经看不到杀意的火焰。一身金黄色装束的Archer不改他的狂傲不羁，瞪视在场所有的从灵。

“你们这些杂种，下次见面前把废物都淘汰掉。本王只想看到真正的英雄。”

撂下这句话之后，Archer 解除了实体化。金黄色的甲胄丧失质感而消逝，只留下点点残光。

黄金骑士与黑色骑士之间的对决就这样以众人都料想不到的方式结束了。

“嗯，看来那家伙的召主个性似乎不如 Archer 本人那么坚毅。”

Rider 面露无奈神情，苦笑着大声说道。但是其他每一个人都知道，现在不是轻松开玩笑的时候。危险性与 Archer 不分轩轾的 Berserker 现在还站在他们的面前。

面罩缝隙深处那双茫然双眸因为失去了最初的目标，在虚空当中随处游移……然后又选出新的猎物，重新绽放出精光。

被那双充满着怨恨之意的眼眸盯上，Saber 觉得背脊有一阵冰冷的寒意爬过。

“……u r ……”

这道声音仿佛来自地底深处。那是一场灾难、一种诅咒，一道没有任何语言意义的怨念呻吟。

这是在场所有人第一次听见 Berserker 的声音。

“…… a r …… e r ……”

黑色骑士就像是一道长有手脚的人型诅咒一般，全身涨满杀意，朝白银骑士王猛冲过去。

−153：50：22

从灵不只是在现实世界保持形体时要使用魔力，就连一举手、一投足也同样会消耗魔力。如果牵涉到战斗行为的话，消耗量更是增加数倍。这些活动用的魔力都会从魔术师的魔术回路中吸出，供给从灵使用。

然而对于间桐雁夜来说，魔术回路活性化所代表的意义就是刻印虫啃食肉体，带来有如地狱般的痛苦。

从灵变为灵体的话，魔力的耗费量就会降到最低。在这样的状态下，雁夜也只是时不时受到心悸或是晕眩所苦而已。

但是让 Berserker 实体化之后的苦痛超乎他的想象太多。

在体内复苏的异物开始蠕动，噬肉啃骨。在雁夜体内成为拟似魔术回路的刻印虫不顾宿主雁夜有多少能量，毫不留情地吸收魔力，悉数供给 Berserker。

身体内部逐渐被别的生物侵蚀、掠夺殆尽……这种感觉用痛苦两个字来形容还不足以表现，恐怖和惊惧让活生生被吞噬的剧痛更加强烈。

“呜……嘎……阿……”

雁夜藏身在暗处中，一边死命忍着不哀叫出声，一边用力搔抓喉咙与胸口。皮肤被抓破渗出鲜血的同时，双手的指甲也一片片断裂剥落。

更凄惨的是狂战士属性需要召主提供的魔力消耗比其他从灵更胜数倍。在召唤英灵的时候，脏砚强迫雁夜让从灵疯狂化正是来自于那个毒辣老魔术师特有的变态嗜虐心。

那些虫子啃咬背脊、那些虫子融化神经。那些虫子……那些在雁夜体内存活的成千上万的虫子虫子虫子虫子虫子虫子虫子…………

“嘎阿阿阿………”

雁夜忍受不住而漏出的悲鸣只不过是沙哑的呻吟声。剧痛哽在喉咙中，没有叫出声来。他一边啜泣，一边继续强忍体内翻搅的千万道痛苦蹂躏。

雁夜已经无心观看 Archer 与 Berserker 在外面路上展开的攻防战。就连剧痛的狂潮逐渐退去的时候，他的思考能力也无法立刻恢复，不了解发生了什么事情。

“……呼……呼……”

雁夜一边借由急促的呼吸平息残余的痛楚，一边再度借由使魔的视野观察战场状况。现在还有三名从灵留在场上，已经不见 Archer 的身影。战局进入短暂的休止时间。

打赢了吗？应该不是。可能是时臣判断战局不利于己，叫从灵撤退了吧。

面对展现出压倒性实力的 Archer，雁夜的 Berserker 一点也不逊色。雁夜只花了一年就成事的速成魔术已经足以和远坂家历代磨练出来的魔术分庭抗礼了。

“呼呼……哈哈哈……”

憔悴不堪、浑身无力的雁夜发出干笑声。

成功了。终于给那个傲慢的魔术师，给那些总是瞧不起雁夜这种平凡人的家伙一点颜色瞧瞧了。雁夜在心中对时臣、脏砚等人发出得意的嘲笑。

我不是丧家之犬，也不会再让任何人说我是偷生蝼蚁般的失败者。我可以和你们一决胜负，可以让你们畏惧，感到害怕……

今天晚上就到此为止，既然最痛恨的敌人 Archer 已经撤退，雁夜就没有必要再忍痛继续战斗，其他从灵就让他们自己去杀个痛快吧。

正当他放松心情的时候，Berserker 正好选出 Saber 为下一个目标，往她直冲过去。因此最感到措手不及的不是别人，正是雁夜自己。

"住手！回来！给我回来，Berserker！！"

雁夜出声叫唤，传送念波。这种程度的简单指令只要使用远距离的念波应该就已经绰绰有余了，但是黑色骑士完全没有反应。因为 Berserker 的亢奋所耗费的魔力量反而让原本已经快要沉静下来的刻印虫又全数一起活性化，剧痛再次开始折磨雁夜的肉体。

"Berserker——快住手！"

极度的剧痛让雁夜发出的呼唤声几近于惨嚎。他的精神已经没有多余的心力去动用令咒了。身陷痛苦的狂潮当中，雁夜只能使尽全力紧紧抓住逐渐远去的意识，努力让自己不要昏过去。

黑色骑士势如疯兽，一脚将柏油路踢个粉碎，朝着 Saber 一人疾冲，浑身发出奔流不息的黑色杀意。

Saber 当然并没有掉以轻心，她马上握住剑，采取防御姿势。

"啊——"

伴随着滚滚而来的诡异气息，Berserker 举起手中的“武器”朝 Saber 的脑门砸下来。

Saber 虽然用无形之剑轻易挡下攻击，但是当她看清楚自己挡下的武器之时，却感到一阵错愕。

那是一根铁柱——刚才 Archer 还站在脚下，被 Berserker 砍倒在地的街灯灯柱残骸。应该是黑色骑士一边朝 Saber 冲来，一边从脚边捡起来的吧。

Berserker 将断成长度两米以上的铁块当成长枪般用两手握住，以破碑裂石的力道重重压在 Saber 的剑上。但是让人惊讶的事情不是他的强悍膂力，而是他手中的武器**只不过是一般的铁块**。

Saber 隐藏在“风王结界”中的长剑可谓是宝剑中的宝剑，没有其他武器能出其右的至高宝具。路边随处捡来的铁块哪能与这柄神剑对击较量。

除了英灵的宝具之外，其他武器不可能有足够的强度能够像这样与 Saber 的剑抗衡。但是……

“什……什么？”

Saber 一边咬牙撑住，怀疑自己的眼睛是不是看错了。

Berserker 手中的铁柱被染成黑色。黑色的线条如同叶脉一般缠绕在铁柱上，此刻还在一点一点地继续扩散侵蚀。

黑色线条的源头是来自于 Berserker 的双手。黑色线条从黑色笼手抓住的部位如蛛网一般向整根铁柱扩散开来。

那是 Berserker 的魔力——黑色骑士所特有的，被杀意和怨恨彻底污染的魔力。那股魔力借由 Berserker 的双手渗透整根铁柱。

“你……难道！？”

感到惊讶的同时，Saber 也察觉眼前这个狂战士的宝具真相。

在一旁观战的 Lancer 与 Rider 也得到同样的结论。

“……原来是这么一回事。只要是那个黑衣人抓到的东西，不管是什么都会变成**他的宝具**吗。”

Rider 感佩万分地低声说道。英灵的宝具显现时并不只限于有形的固有武器，也有一些类型的宝具会成为从灵本身所具备的“特殊能力”发挥效用。这个 Berserker 的宝具正好就是属于这种类型。

但是这项能力真是太惊人了。先前 Berserker 将 Archer 投射出来的无数宝具直接抢夺下来，运用自如，现在终于明白他那一身惊人的技艺从何而来了。Archer 宝具的支配权在被 Berserker 的手抓住的一瞬间就夺走了。

不仅如此，就连平凡无奇的铁块一旦落入 Berserker 的手中都会带有强大的魔力，足以和其他宝具对打。虽然看起来与刚才的黄金 Archer 意义不同，但是 Berserker 仿佛同样也拥有用之不尽、取之不竭的宝具。

第二击、第三击——Berserker 使出刚烈的“枪法”对 Saber 进行猛攻。接战的 Saber 只能全力防守，她搭在剑柄上的左手还是使不出力气，Lancer 的“必灭黄蔷薇”所造成的伤害在此时影响甚巨。只能依赖一只右手所施展出来的剑技十分不灵动，虽然借着魔力释出的辅助勉强支撑应战，但是气势凌人的 Berserker 如同怒海狂涛般连番攻击，逼得 Saber 不得不全力防御。她就这么一直找不到机会反击，渐渐趋于劣势。

“Saber！”

听见爱莉斯菲尔急迫的声音，骑士王的额头上不知何时开始渗出焦躁的汗珠。

身在远处观战的切嗣同样也看出Saber处境堪危。但是凭切嗣现在的武装，他根本无从介入从灵之间的战斗。

如果能够找出Berserker之主的所在地，至少还有办法应付……但就算动用两支瞄准器，切嗣还是找不到对方人在哪里。

“……舞弥，从你那里看得见Berserker的主人吗？”

“不行，我找不到他。”

对讲机另一方的回答让切嗣皱起眉头。切嗣与舞弥的位置互补彼此视野上的死角，这样还找不到人，代表对方不在能够对从灵直接下达指令的位置，选择以隐藏自身行踪为优先。

看来对方的个性似乎比Lancer的召主更加谨慎小心。对切嗣来说，比起那些做事半吊子的优秀魔术师，这种作风含蓄的对手才更难缠。

“糟糕了……”

现在的状况不是Saber与Berserker的单挑决斗，旁边还有毫发无伤的Lancer与Rider正在伺机而动。在弱肉强食的混战当中处于明显劣势是最糟糕的情况，其他从灵的召主当然会这么想——只要这时候助Berserker一臂之力，轻而易举就能把Saber淘汰掉。之后如果还能把已经消耗魔力的Berserker收拾掉的话，就能来个一箭双雕。他们可以花费最少的力气一口气让两名敌人出局……

切嗣把手中的步枪朝向头顶，再一次确认吊臂起重机上方。戴着骷髅面具的Assassin依然蹲踞，轻举妄动很可能会让切嗣自已没命。

“……该死。”

切嗣虽然懊悔，但现在他除了静观其变之外，没有其他选择。

只因为一只手指不灵活就让自己的剑失去锋锐，Saber感到心急如焚。

她当然明白自己现在身处的状况有多么危险。她必须把和Berserker之间的对战局势维持在五五之间，这也是为了牵制在一旁的Rider。如果在这种状况下被别人趁虚而入的话——她没有余力抵挡。

Berserker毫不留情，展现出狂乱英灵狰狞又猛烈的攻势紧紧缠着Saber。接连不断刺出的铁柱“长枪”就同野兽一般凶残激烈，枪法精练准确，已至绝顶高手的境界。

压制住Saber的不只是Berserker逼人的气势。Saber虽然负伤，依然是最强的从灵，但是Berserker猛烈的连环攻击丝毫不让Saber有反击的机会。而他的武器虽然经过魔力强化，也不过是一根歪斜扭曲的铁柱残骸而已。

这个Berserker绝对不单单是一头没有理性的疯狗，他的真身一定是相当程度的“高手”。在疯狂化之后，手法竟然还是这么精纯，武艺非比寻常。

“你……到底是！？”

Saber的疑问当然没有答案，黑色骑士挟着排山倒海的气势把铁柱高高举起。接下来这一击将会相当威猛，力道之强仿佛要将Saber娇小的身躯连同她的防御一起粉碎——

但是挥下来的铁柱没有击中 Saber。

长达两米的铁柱被从中切断，在空中飞舞。Berserker 的拟似宝具坚固得足以和 Saber 的宝剑相互斩击，一抹在黑暗中闪过的红光却像是斩瓜切菜似的轻松将它断成两截。

Lancer 的背影出现在惊讶万分的 Saber 面前，俊美绝伦的枪兵把刚才与自己敌对的骑士王护在身后，与眼前的 Berserker 对峙。

“恶作剧就到此为止了，Berserker。”

Lancer 冷冷说道，右手的长枪——“破魔红蔷薇”的枪尖对准黑色骑士。他的红色长枪能够将交碰的宝具魔力抵销，就算是受到 Berserker 黑色魔力侵蚀过的拟似宝具也和普通的铁块无异。

“这位 Saber 已经和我有约了……如果你还是执意要不识相地乱打岔，我可不会袖手旁观喔。”

“Lancer……”

虽然身处于生死决斗当中，Saber 还是对 Lancer 的行为感动不已。这位枪兵英灵实践心中尊严的方式，正与 Saber 所信奉的理念相同——“骑士之道”。

但是现场并不是每一个人都认同这种崇高的情操。

“你在做什么，Lancer？想要打倒 Saber 的话，现在不就是最好的时机吗？”

无形的声音冷酷地质问道，这抹听起来极为不悦的声音正好就是来自于 Lancer 的召主。可是 Lancer 却意外地露出非常严肃的表情。

“我迪卢木多以自己的荣耀发誓，一定会杀死 Saber！”

他对着虚空如此大声说道。

“如果您下令的话，我一定会在您面前先将这只疯狗击败。吾主啊！至少请您让我与 Saber 能够堂堂正正地……”

“不准。”

Lancer 热切的乞求被无情地打断，他的召主以更加冷峻的口气断言道：

“Lancer，我以令咒命令你，协助 Berserker 杀掉 Saber。”

紧迫的气氛当场冻结。

令咒是对从灵的绝对命令权，再伟大的英灵也无法违逆令咒的命令。Lancer 失去了他的自由意志——

红枪的枪头掉转，朝着 Saber 呼啸而来。Saber 在千钧一发之际飞身退开，长短两杆枪的枪尖先后从她的眼前破空划过。

Lancer 惊人的枪法让他尚未转过身，左右两杆枪就已经先朝着正后方的敌人刺出，如此出神入化的双枪枪法正是 Lancer 的真本事。在他的锋利的枪尖上已经不留有一丝情面。

“Lancer！”

Saber 出声叫唤，但话说到一半就卡住了，她看到 Lancer 转过来面对自己的脸庞因为愤怒与屈辱而扭曲。那张悲愤至极的表情比任何辩解之词都更充分道出英灵迪卢木多心中的感受。

Lancer 的身体受到令咒束缚，已经不听他的使唤，只是一架名为从灵的冷酷机器而已。英灵迪卢木多练就的一身武艺以及能力将会无视他的信念，只为了完成召主至高无上的命令尽情发挥。同为英灵的 Saber 可以深刻体会那种悔恨之意。

在猛攻的 Lancer 身旁，Berserker 又进步上前。即使情况有变，黑色骑士似乎还是只把目标放在 Saber 身上。Berserker 这次把刚才被 Lancer 的红枪打成两截的铁柱当作长剑使用，摆出中段架势，对准 Saber 的脸部。就算形状有些不同，对这件宝具来说似乎没有什么影响。

无路可逃了。

如果左手没有伤势的话，或许还能找出一条生路，但是 Saber 现在光是对付 Berserker 一个人就已经使尽全力。这时候如果连 Lancer 都与她为敌的话，根本毫无胜算可言。

“……Saber……对不起……”

Lancer 一边发出痛苦的呻吟，一边逐渐缩短与 Saber 之间的距离。虽然他的表情满是羞愤，左右两杆魔枪却发出充满杀气的魔力，有如海市蜃楼一般晕腾而上。

站在 Lancer 身旁的黑色骑士依然不发一语，但是杀意波动的浓度倍增，向 Saber 步步逼近。铁柱的断片被黑色叶脉密密麻麻地包覆住，化为比普通长剑更为恐怖的异样凶器，压制住 Saber。

Saber 冷静的眼神凝视着眼前这些绝命威胁，侧目对爱莉斯菲尔使了个眼色。

“爱莉斯菲尔，这里由我来顶着，你趁这段时间……”

Saber 进退维谷，她的思考已经转向最极端的选择。致命的危险状况让她不得不做出如此判断。就算局势再怎么不利，至少要保护好爱莉斯菲尔，即使必须牺牲生命……

“趁这段时间，请你赶快离开，能走多远就走多远。”

Saber 淡淡地说。她的真正意图，爱莉斯菲尔了然于心。这位高贵的少女骑士想要以自身性命为代价，替爱莉斯菲尔杀开一条生路。

爱莉斯菲尔毅然决然地摇头拒绝。她一点也不想让 Saber 在这里送命。

“爱莉斯菲尔，拜托你——”

“不要紧的，Saber。相信你的召主。”

Saber 察觉到这句话的弦外之音，她露出困惑的表情。

“切嗣他——已经在这里了吗？”

虽然 Saber 大感疑惑，爱莉斯菲尔却是深信不疑。

无论是她或是 Saber 到现在为止都没有任何闪失。她们依照切嗣之前的吩咐，盛大又华丽地打了一场仗。现在 Saber 正是场上的焦点，所有人的目光都在关注这位身陷险境的娇小骑士。

“所以——求求你。亲爱的。”

爱莉斯菲尔心无杂念，心心念念地祈求不知身在何处的丈夫协助。

卫宫切嗣并未感受到妻子的祈愿，他只是冷静地观察情况，判断自己应该如何行动。

最重要的是要保护爱莉斯菲尔这位“容器保管者”，既然 Saber 现在已经没办法守护她，那就没有时间犹豫不决了。

“……舞弥，我数到零你就攻击 Assassin，进行牵制射击。”

一丝紧张的气息从对讲机的另一头飘过来，然后随即传来一声“收到”的应答。

切嗣现在就要射杀 Lancer 的召主。唯有这个办法才能解决现在的状况。

“六——”

切嗣一边开始低声读秒，一边将热感应瞄准器的十字准心对准在 Lancer 的召主身上。

切嗣在改造这支 WA2000 狙击枪，带进日本之前，就已经在艾因兹柏恩城试射过。他了解这支枪本身的特性，虽然还没有检验过枪与夜视系统的搭配是否完善……这一点也只能相信舞弥的能力了。

“五——”

根据舞弥的报告——瞄准器已经调整为以五百米距离为零点，也就是说十字准心与子弹弹道一致的位置是在距离枪口五百米远的地点。

在长距离射击当中，子弹并不是直线前进，而是画出一个极为平缓的抛物线。也就是说当射击目标的距离比归零距离近的时候，着弹点会由十字准心向上偏移。

Lancer的召主距离切嗣大约三百米左右，他慎重地调整对准点。

“四——”

Lancer因为召主的令咒被迫做出违心之举。虽然无法预测他在失去召主之后会有什么反应，但是切嗣认为他应该不会继续攻击Saber。如果最直接的威胁回到只有Berserker一人的话，Saber就有能力想办法带爱莉斯菲尔离开。

剩下的问题就是切嗣本人的安全。事到如今，他也只好冒险在Assassin的脚边开枪了。

“三——”

切嗣要求舞弥配合他的时机一起开火，尽量分担风险。以她手中AUG步枪所射出的高速子弹的威力，虽然无法伤害身为从灵的Assassin。不过遭受到意外枪击的Assassin说不定会因此忽略在自己身边不远处开枪的另一名狙击手——这当然是极度乐观的预测。

“二——”

如果 Assassin 真的被骗上当，把舞弥当成敌人，位置够远的舞弥也很有希望能够全身而退。说不定 Assassin 根本不会攻击，选择直接撤退，避免被其他召主发现自己的存在。

但是当这些可能性全部落空的时候，Assassin 就会攻击位在自己脚边不远处的切嗣。届时切嗣只好放胆与 Assassin 一搏。这和胜算多少无关，他没有选择。

“一——”

切嗣静静吐出一口气，缓缓地扣紧扳机。Walther 的枪身纹风不动，空洞的枪口对着目标传送死亡的凝视眼神。

这时候现场爆出一阵震耳欲聋的巨响。

那不是舞弥 AUG 步枪的全自动射击，也不是切嗣的狙击。那阵冲击声极为震撼，几乎足以摇动大地，这种小型枪开火的声音根本比不上。

那是一道突然轰击在战场上的落雷，刺眼的闪光将黑夜化为白昼。另外还传出一声雄沉的咆哮，甚至盖过落雷的声音。

“啊——”

闪电不是由天际击落大地，而是横向扫过地表。不——那看起来虽然像是一道闪电，其实是一辆雷光四射的战车正在疾驰。

Lancer 在危急之际翻身，及时闪开。但是把注意力放在 Saber 一个人身上的 Berserker 连回头的时间都没有。

Rider 发出长啸的同时，操使手中两头神牛的缰绳。神牛先用四只前蹄将黑色骑士踢倒在地，接下来四只后蹄狠狠地加以一番蹂躏。铁蹄上带着翻涌的紫雷电气，光是一踢就已经是莫大的打击，Berserker 前后被践踏了八回，必定受到致命的伤害。Rider 的战车奔驰而过后，只见身穿黑色甲胄的身影连站都站不起来，仰倒在地。

战车紧急停车反转回头，Rider 俯视刚才辗杀的敌人，充满昂然斗志的表情一歪，露出笑容。

“——哦？这家伙还挺硬骨头的嘛。”

Berserker 还没有断气。他一边微微痉挛，一边缓慢地撑起上半身。Rider 发觉黑色骑士虽然被神牛踩倒在地，还是勉强扭转了身躯，滚离战车的路径，免于遭受到最致命的打击。

Rider 的宝具就在 Saber 鼻尖之前呼啸而过，目睹那压倒性的强大威力，让她愕然无语。

“神威的车轮”……它的威力之强显然不是对人的宝具，而是抗军宝具。看得出来就连刚才那阵狂奔都已经是 Rider 手下留情。如果他有心的话，不但 Lancer 无法幸免，就连 Saber 自己也早已成为铁蹄与车轮下的牺牲品。

瘫倒在地的 Berserker 无力地挣扎着想要站起来，可是他似乎知道自己受创甚深，无法继续进行战斗。他慢慢停止动作之后，形体轮廓如同海市蜃楼一般渐渐变淡消失。Berserker 解除实体，化为灵体撤退了。

“好了……黑衣人就这样把他请下台啦——”

战车上的 Rider 若无其事地扭动脖子，发出喀啦喀啦的声响，然后朝着半空中喊道：“Lancer 之主，朕不知道你躲在哪里偷窥，但是不准用这种下三烂的手段玷污骑士之间的决斗……不过就算对你们这些魔术师说道理，大概也听不进去吧。”

说完。巨汉从灵露出极为威猛的冷笑压迫看不见的对手。

“叫 Lancer 撤退吧。如果你还要继续让他受辱的话，朕就会助 Saber 一臂之力，两人合力把你的从灵消灭。你觉得如何？”

“……”

隐身魔术师的愤怒气息笼罩这一带，不过没有维持多久。

“撤退吧，Lancer。今天晚上……就到此为止。”

Lancer 听见这句话，放心地舒了一口气，放下长枪。

“感激不尽，征服王。”

听见美貌枪兵的低声道谢，Rider 咧嘴露出满意的笑容。

“这没什么。朕这个人就是喜爱战场上的美好事物。”

Lancer 再一次用眼神对 Rider 表达谢意，接着也对 Saber 点点头。

不需要多余的言语，双方都知道彼此之间应该立下的誓言。Saber 同样也对 Lancer 颔首。

总有一天……再一决胜负。

确认过这件事之后，Lancer 化为灵体，身形消失。

寂静降临在破坏狂风肆虐过后的战场之上。

过了不久，之前仿佛已经被人遗忘的海浪拍打岩壁的声音，以及远方市街的喧嚣开始轻轻振动夜晚的空气，应该是 Lancer 的召主把张设在这一带的结界解开了吧。

Saber 用百感交集的眼神看着最后留下来的 Rider。

“……你到底是来做什么的？征服王。”

“这个嘛……朕不会去多想这种事。”

面对 Saber 的疑问，巨汉从灵好像觉得事不关己似的，态度平淡地耸耸肩。

“什么理由、什么企图，这些烦人的事自然会有后世的历史学家帮我们编出一套大道理。我们这些英雄只要随心所欲、自由奔放地尽情纵马奔驰就好了。”

“……真不敢相信这是一国之主会说出的话。”

Saber 口气严肃地回应。Saber 一向遵奉廉洁的骑士精神，她的信念与 Rider 狂放不羁的动机相去甚远。

“你对朕的王道有意见吗？不过这也是必然的吧。”

Rider 嗤笑一声，接受 Saber 挑衅的眼神。

“所有王道都是独一无二的。身为王者的朕与身为王者的你无法接纳彼此也无可厚非……总有一天朕会和你彻底分个高下。”

“求之不得。要不然我们现在就在这里……”

“好了好了，不要这么紧张兮兮的。”

Rider 轻笑几声，用下颚指指 Saber 的左手。

“朕伊斯坎达尔绝对不会做出趁人之危投机取巧的事情。Saber，先去和 Lancer 做个了断吧。到时候不管是你还是 Lancer，只要是打赢之后走到朕面前的人，朕都会奉陪到底。”

“……”

Saber 虽然很想反驳，但是面对 Rider，左手拇指障碍的影响实在太大。这个英灵的战斗力能够一击打退 Berserker，绝对不容小觑。

“骑士王，暂且后会有期。下次见面的时候再让朕好好体会热血沸腾的感觉吧……喂，小子。你就没有几句好听的场面话可说吗？”

Rider 这么对韦伯说道，但是瘫坐在 Rider 脚边驾驶台上的少年却没有回答。Rider 抓住他的衣领举起来一看，矮小的召主早已经翻白眼昏过去了，看来 Rider 朝 Berserker 突击时的气魄太过强烈了。

“……这家伙怎么搞的，这么没精神。”

Rider叹口气，将自己的召主抱在腋下，拉扯两头神牛的缰绳。公牛发出嘶鸣声的同时，放出阵阵雷气，从蹄下散出闪电，朝向虚空飞去。

“再会！”

伴随着轰雷声响，Rider的战车朝南方天空奔驰而去。

爱莉斯菲尔总算摆脱紧张的气氛，放心地吐了一口气。她重新回顾四周，周边一带的破坏程度真可以说是凄惨无比。这也难怪，有多达五位从灵齐聚一堂，其中几人还不留情地施展出宝具。

“过去有哪一场圣杯战争在刚开始就打得这么激烈……”

破坏的痕迹不是爱莉斯菲尔要担心的事情，隐藏圣杯战争的痕迹是圣堂教会的监督者要负担的责任。教会一定会动员他们组织的力量彻底掩饰这有如大地震般的惨状。

Saber默默凝视着Rider飞走的方向，那张聪慧的侧脸看不到从刚才那场死斗中生还的兴奋或是憔悴疲劳的神色。穿着白银铠甲的少女无语伫立在战场上的凛然之姿就像一幅画，美丽而不可侵犯。

但是爱莉斯菲尔知道在Saber端正的姿态之下，她所受的伤有多深。

“Saber，你的左腕——”

“是的，这是非常严重的失态。Rider说的没错，如果不先和Lancer一决胜负，解除伤口上的诅咒的话，将来也会影响到和其他从灵之间的战斗。”

骑士王淡淡地说道，语气中完全不会让爱莉斯菲尔感到操心。Saber如此坚毅，反而让爱莉斯菲尔心中更加不舍。

“……谢谢你，Saber。多亏有你，我才能活下来。”

爱莉斯菲尔低下头说道。Saber对她报以微笑。

“我能够无后顾之忧地面对敌人战斗，都是因为背后有你在啊。爱莉斯菲尔。”

爱莉斯菲尔再次深刻体会到Saber是多么坚强、刚毅以及温柔。

虽然Saber看起来比自己小上一轮，外表还是个没长大的少女——身材这么地娇小，手腕又是这么地纤细，但是她的身心却是一位完美的骑士、真正的英雄。

“胜负现在才开始，爱莉斯菲尔。今晚的局面只不过是之后一连串战斗的第一夜而已。”

“……是啊。”

“所有的对手都是强敌，从不同时代召来的诸位英雄……没有一个人是易与之辈。”

Saber喃喃说道，语调当中没有焦躁，也没有畏惧。面对山雨欲来，战士暗自振奋精神。这种激昂、这种热血奔腾的感觉，不管在任何世界的任何时代都不会改变，正是身为英雄的精神证明。

注视着南方的夜空，少女低声说道。

“这就是……圣杯战争。”

−153：41：36

这是一个被封闭在黑暗之中的空间。

那不是空洞的“黑暗”，而是浓缩到非常黏稠，腐烂到发出酸臭气味，极为深邃的——昏黑。

血腥味浓密得让人窒息，四处发出微弱无力的呻吟声或是啜泣声。从这些种种恐怖的气息来看，这让人伸手不见五指的黑暗帷幕或许反而是一种善意的遮眼布。

在这一片黑暗当中，有一个圆形物体放出朦胧的光芒，就好像是从水底仰望的天上满月一样。

那是一颗皮球大小的水晶球。那看似朦胧的光源其实是水晶球中浮出的影像。

水晶球中的影像是一片断垣残壁、瓦砾成山的夜景，但是那里不是原本就这般残破。这片被毁坏殆尽的景观在短短三十分钟之前还是无人的宁静仓库街。远望的水晶球把仓库街展开的所有激烈战斗完完整整地呈现出来。

有两个人目睹了一切，这两个人在球体发出的微弱光芒映照下，各自露出不同的喜悦表情。

“——厉害。这真的是太猛了！！！”

其中一个人像个天真无邪的孩童一般，修长的双眼中绽放出欢喜的光芒。他是享乐杀人鬼雨生龙之介。在一个如同天文数字般低的偶然中踏进这个超常的世界。

“喂，蓝胡子老大。刚才那些全部都是真的吧？不是预演也不是套招，是真的战斗对不对？真是棒极了。什么 PS 游戏根本完全不能比嘛！”

自从在一个偶然的机会中与 Caster（魔术师）从灵缔结契约，龙之介一直遭遇到一些与日常生活背离的怪异状况，但是他一向渴望得到刺激与欢乐，所以干脆把那些异常的怪事全部当成无上的娱乐，毫不在意地照单全收。

“这就是圣杯战争吗？老大你也参了一脚对吧？你也会像他们一样吗？在空中飞来飞去，然后发发光之类的？”

“……”

Caster 没有回答，热情的眼神注视着水晶球。水晶球映照出来的小小夜晚风景里，有一道娇小的人影伫立其中。Caster 好像失了魂一样，双眼直直盯着那道人影看。

从一开始监视仓库街之战的时候起，Caster 就是这副德性。他不管召主龙之介怎么兴奋狂喜，也不理会其他从灵，从头到尾只紧盯着某一个人，目光随之移动。

那个人纤细的身躯身穿白银色的铠甲，一头金发如同流动的砂金一般美丽动人。她是七位从灵之一，受召唤为剑士之座的英灵少女。

她的身材是所有人当中最娇小的，却比任何人都要刚毅勇敢、英姿焕发。无论面对什么样的逆境都毫不畏惧，Caster 的目光从没有在她身上移开过。他也不可能移开，因为那许久未见，让人怀念不已的模样，还有那张无比圣洁的高贵脸庞正是他穿越时空一直追求的幻影。

“……老大？”

Caster一直默不作声。龙之介看看他的脸，吓了一大跳。

那张脸颊削瘦的苍白异容不知何时已经泪水决堤了。

“——实现了。”

Caster自言自语说道，声音因为过度激动而有些沙哑。

“全都……实现了。原本我还觉得怀疑……没想到圣杯真的无所不能……”

“你说……实现了？什么意思？？”

龙之介不得不这么问。好像发生了一件让Caster感到高兴的天大好事，但是龙之介却完全不知所以然。

“圣杯选择了我啊！”

Caster不理会召主还是一脸莫名其妙，抓住龙之介的手用力摆动，就好像要与他分享自己的喜悦似的。

“我们连打都不用打就获得胜利了。绝对没错，圣杯已经是属于我们了！”

“可是我……那个叫Saber的人，我根本连看也没看过，碰都没碰过啊？”

“这不是问题！”

Caster双眼圆睁，口气坚定地说道。他伸手指着水晶球中映出的少女。

“你看！她就是答案！那威风凛凛的容颜、庄严的神态……她就是我命运中的‘圣女’没错！”

龙之介皱眉，仔细打量水晶球内映照出的人影。那人穿着样式古老的甲胄，不晓得是少年还是少女。不管是男是女，那个美丽的人打扮之奇特，在现代日本社会当中可一点都不输给Caster。

“……你认识她？”

“没错。她是我的光明，是我的指南针。是她给予我生命，为我的人生带来意义……”

说着说着，Caster 似乎又难忍激动之情，一边感动地哽咽，一边还用双手在头上乱抓。

“从前被神遗弃，受尽屈辱而死的她——现在，终于再度复活了！这个奇迹！如此伟大的奇迹！如果不是我的愿望实现，还会是什么！？”

龙之介依然丈二金刚摸不着脑袋，只知道他敬爱的“蓝胡子”现在正激动到不行。但在两人还不算久的交往时间当中，龙之介知道当“蓝胡子”像这样“情绪激动”的时候，往往会展现出让龙之介惊讶不已、自叹弗如的精彩表演。崭新的侵害手法、虐待手法，还有最致命的杀人方法……龙之介尊奉为师长的这位怪人简直就是残虐界的艺术大家。

就因为这样，现在的状况让“蓝胡子”，也就是 Caster 这么高兴——无论发生了什么事情——龙之介认为对自己来说肯定也是一桩值得期待的好事。

“就连我都觉得越来越期待了，蓝胡子老大。”

“没错吧！就是这样！”

Caster 散着一头乱发又哭又笑，双手抱住水晶球，把额头抵在水晶球冰冷的表面上，充满妄执之念的热切眼神死盯着球体中浮现的少女面容。

“喔喔，‘圣女’，我的‘圣女’啊……我马上就会到您的跟前迎接您。请您、请您再稍待片刻。”

如同蛇类吐息般湿黏的阴笑声在黑暗中持续回荡，久久不去。

× ××× ××× ××

看完了整场战斗的经过之后，言峰绮礼命令在现场监视的 Assassin 回来，切断知觉共有。

从吊臂起重机上眺望的风景以及含着海潮气味的晚风触感从意识当中分离，绮礼的五感被拉回了教堂地下室里。

璃正神父不知何时已经站在绮礼身旁。他刚才似乎也在专心聆听绮礼对时臣报告的现场状况。现在战斗已经结束，璃正神父为了完成表面上监督者的工作，立刻使用手机向别人传达指令。

“——神明二丁目，对，就是滨海仓库街。破坏范围非常大……好，就这么办。就用城市游击战的说法去处理吧。按照 D 计划执行，接下来就请你视现场的状况做判断。”

依照璃正的指示行动的圣堂教会人员已经分散在冬木市各处待命。他们为了应付圣杯战争造成的各种麻烦状况，事前就做好了滴水不漏的万全准备。

他们已经和警方以及自治团体仔细打过照应，仓库街惨状的事实将会被大大扭曲，以完全不同的风貌呈现在明天的早报当中。

绮礼侧眼看着璃正为了指挥而忙碌奔走，在脑海中分析从今晚的战斗中得知的事实关系。

根据时臣的间谍先前带来的情报，他已经知道时钟塔的精英魔术师艾梅罗伊爵士曾经一度取得圣遗物之后又遗失。但是伊斯坎达尔还是以骑兵从灵的身分参战，而且看上去是他的召主好像与 Lancer 的召主关系不浅。

也就是说 Lancer 的召主绝对是艾梅罗伊爵士没错。他的圣遗物被那名叫做韦伯的少年盗走之后，可能又另外取得与英灵迪卢木多有关的物品。

间桐的术士召唤出 Berserker 这件事，间桐脏砚已经预先向担任监督者的父亲报告过了，所以绮礼与时臣当然也都知道。但是他们没料到 Berserker 竟然是那么厉害的从灵，那种夺取敌人宝具的怪异能力对时臣的吉尔伽美什来说一定会成为天敌。想让情况对时臣有利的话……首先要让其他从灵消灭 Berserker。这种情况下，Lancer 是很适合的人选。迪卢木多施展的宝具“破魔红蔷薇”将是封锁 Berserker 能力的决定性手段。

现在还是身分不明的 Caster 与他的召主到最后还是没有现身，但是考虑到 Caster 的属性，一点都不意外。Caster 以外的从灵除了 Berserker 之外，所有人的真名都已经揭晓了。而最具威胁性的 Saber 与 Berserker 都已经身负重伤，特别是 Saber 的伤势势必会对后续的状况造成莫大影响。吉尔伽美什在众人面前大秀宝具虽然不是好事，但至少真名还没有揭穿，另外 Assassin 还存活的事实也还没有人发现。局势依然对远坂时臣的阵营十分有利。

绮礼冷静地在脑中整理情报，心里却一点都不感到兴奋。

一切很可能如同圣堂教会所希望的那样，由远坂时臣取得胜利吧。绮礼引导时臣获胜的任务预料也没有什么大不了的障碍。这件任务就和以前一样无聊，没有任何一件事值得期待。这就是绮礼这三年时光的总结。

“——打扰了，绮礼大人。”

正当绮礼沉浸在干涩无味的情绪中，有一道黑影无声无息地出现在他身边。那是一名戴着骷髅面罩的黑袍女人……和在仓库街担任斥候的 Assassin 不是同一人，她是另外一位 Assassin。

“……什么事？”

“是，我在教堂外发现一样奇怪的东西，特来向您报告。”

Assassin 一边说，一边恭敬地递出某件事物，那是一只头部被扭断的蝙蝠尸首。死了没多久，还残留着些许体温。

“——使魔吗？”

“是的。虽然是在结界之外发现的，不过我认为很明显是有人派来监视这间教会的。”

“……”

真是怪事，教会在圣杯战争当中被界定为中立的不可侵犯领域。如果有人想要恶意干涉教会的话，甚至会被监督者处罚，削减令咒或是在一定时间之内禁止交战。

应该没有任何人有理由甘愿冒这种险监视这间教会——除了一种假设的可能性。

如果有某位召主已经开始怀疑绮礼失去 Assassin，接受教会庇祐的经过都是一场骗局的话，那又会如何？

“……”

绮礼从 Assassin 的手中接过蝙蝠尸体，目光停留在一件更奇怪的东西上。

有一台掌心大小的电子机械被带子绑在蝙蝠的腹部上。有圆形电池，这应该是无线针孔摄影机。

如果这只蝙蝠真是魔术师的使魔，那这种组合真是太怪异了。绮礼知道魔术师这种人有一种倾向，轻视且避讳使用世间一般科技技术，时臣就是最典型的人物。不只借用使魔的视觉，还想利用机械装置记录影像的想法恐怕是普通魔术师所想不到的。

“——彻底不择手段，丝毫没有身为魔术师的骄傲——”

曾经从时臣那里听说的话语如同一道惊雷划过绮礼的脑海。

没错，如果对方身为魔术师，却把魔术等同于一般电子仪器，只当成一种办事手段看待的话——或许很有可能会在使魔身上动这种手脚。

绮礼花了很长的时间一直注视着这只不知其意图，也不知来历的小动物尸体。比起今天晚上五位从灵的大乱斗，这具尸体代表的意义更为深远，在他的心中占据了一个位置。

× × × × × × × × ×

抬起铁盖往旁边放——光是这样简单的动作就花了快一个小时。这点小事对已经精疲力竭的间桐雁夜来说，是一件就算挤出最后一丝力气都难如登天的沉重劳动。

铁盖终于打开了一条缝，外面清新的空气流进下水道酸腐的臭气中，雁夜这时总算稍许有一点重新回到人间的感觉。他奋力挤出自己稍稍恢复的一丝力气，将铁盖向旁边一推，像条毛毛虫一样拖着沉重的身躯爬出地表。外面的街道上没有一个人，宁静的夜晚当中，没有人会对雁夜的模样感到可疑。

这条小巷子虽然和刚才从灵们交战的地方是同一条仓库街，但是和那条四线大道相隔了三条街之遥。

雁夜与其他召主不同，不过是个速成的魔术师。什么粗心大意、什么骄傲等等的心态都与他无缘。就算他和其他人一样与从灵一同上战场，也没有自信能够和其他魔术师交手。再说他的从灵是 Berserker，即使他想要就近给予战略指示，Berserker 也不可能会听从控制。

所以他索性像扔炸弹一样，把 Berserker 解放之后丢进敌军阵营里，让他恣意发狂肆虐。雁夜认为自己应该以自保为优先，在安全的地方观战即可。

雁夜在白天发现 Lancer 的气息之后开始追踪，直到战火在这座仓库街掀起之后，他也尽量避不现身，只把脏砚所传授的使魔“视虫”派上战场，自己则在远处钻进下水道，从地下接近战场，监视战况。

雁夜浑身无力地仰躺在冰凉的柏油路上，花了一段时间好不容易才让紊乱的呼吸平复下来。

他浑身鲜血淋漓。全身的微血管破裂，血从化脓裂开的皮肤中汩汩渗流而出。

雁夜现在的状况有如曝晒在放射线之下的晚期病患。他的肉体在生物学上早已死透，濒临崩坏。让他的身体在半死不活的状况下继续生存，还能像活人一样活动的原因是因为遍布雁夜全身的刻印虫。

雁夜也很难相信自己的身体竟然还能像这样完整无缺。在供给魔力给 Berserker 的时候，他感觉自己全身的血肉都好像已经被虫子嚼个精光了。

只经历一次战斗就已经变成这副模样。

驱使 Berserker 的负荷远超出雁夜的想象，而且 Berserker 还完全不听控制。那简直就是一头想要大啖血肉的饥饿猛兽。

Berserker 一旦被放出来，不把他眼中看到的一切都破坏或是像这次这样力量耗尽之前绝对不会罢休。刚才如果战斗继续拖下去就真的完了，雁夜的身体会无法负荷超过极限的魔力消耗，完全被刻印虫吃光。

对雁夜来说，从灵的战斗名副其实是一件生死交关的大事。如果不能在超过极限之前决定胜负，让 Berserker 安静下来的话，等着他的就只有自灭而已。

"……"

想到未来自己将要面对好几场战斗，雁夜的心情不禁黯然，叹了一口气。

这条打倒远坂时臣的道路究竟有多远？

在那之后，打倒全部的敌人走到圣杯之前又有多远？

可是唯有这样才有可能拯救樱。

雁夜只能继续前进。

绝对不能淘汰出局。即使要将最后一片血肉燃烧殆尽，也绝对要达成目标。不然，所有的一切都白费了。

雁夜鞭策自己极度衰弱，浑身都在发出悲鸣的身躯，摇摆不稳地站了起来。他不能一直躺在这里。

Berserker 直接遭到 Rider 宝具的攻击，伤害极大，得花上好一段时间才能完全恢复。疗伤所需要的魔力想当然还是全部经由刻印虫从雁夜身上榨取。

他需要好好休息一番。

雁夜勉强把站都站不稳的身体紧靠在巷子的墙壁上，脚步蹒跚地消失在夜色之中。

ACT.5

−150：39：43

冬木市有一条国道路线背对着城市的光明，自深山町向西边延伸。道路的前方是一片尚未开发的深邃山林。这条国道就在静谧的森林中蜿蜒蛇行，直到跨越县境。

虽然这是一条两车道宽的道路，但是路灯稀稀落落的路上并没有车辆往来。深夜零时的国道仿佛被遗忘在这片宁静当中。

有一头银白色的野兽猛然划破深夜的安宁，急速奔驰。

那是一辆 300SL Coupe 型号的梅赛德斯奔驰车。古典的柔美线条就像一名高雅的贵妇人，而直列六汽缸 SOHC 引擎的咆哮却有如野兽。

以超过时速一百公里的危险车速驾驶这辆高级古典车的——竟然是一位年少贵妇的纤纤细腕。

“你看，你看。这辆车的速度很快，对不对？”

爱莉斯菲尔手握着方向盘，满脸得意的笑容。坐在副驾驶座的 Saber 只能紧张地勉强挤出不自然的笑脸，点头答道：“你……你的驾驶技术……比……想象中好……”

“对吧？别看我这样，我可是苦练过的。”

爱莉斯菲尔说着，娇叱一声，随手打挡。她的换挡动作非常粗鲁，驾驶技术也实在很难称得上纯熟。

“切嗣带到艾因兹柏恩城中的玩具之中，我最喜欢的就是这个了。以前在城里只能绕着中庭转圈圈，我还是第一次在这么宽敞的地方跑呢。感觉真是棒透了！”

“你是说……玩具吗？”

如果把雪橇或是自行车当成玩具看的话，Saber 当然不会有任何意见。但是一辆时速超过一百公里的在蜿蜒的夜路上奔驰的车和这种称呼就不太相配了。一般来说，像这种一个不小心就会遗恨终身的家伙可不能当成玩具看待。

虽然这辆车已经是有四十年历史的古董车，但 2996CC 排气量的 M198 引擎的最高时速是设定在二百六十公里的。以这辆车的潜力来看，爱莉斯菲尔现在的疯狂驾驶只不过是牛刀小试。

听说这辆车是卫宫切嗣事先从艾因兹柏恩城运来让爱莉斯菲尔与 Saber 进入冬木市之后代步用的。两人从旅馆的地下停车场领出这辆停放了半个多月的车，现在正往她们的据点，也就是艾因兹柏恩家的别邸前进。

“嗯？等一下，爱莉斯菲尔。你从刚才到现在好像一直都走在道路的左边？”

“啊，是呢。”

爱莉斯菲尔笑着点头，好像自己犯的不过是个不值一提的小错。方向盘猛然一扭，立即变换车道。

因为爱莉斯菲尔打从出生以来从没走出过艾因兹柏恩城的大门，当然这也是她第一次在公路上开车。Saber 从刚才就一直注意着她的视线，爱莉斯菲尔显然完全没有看任何交通标识。再说，她可能并不知道在路上开车要遵守法规。

爱莉斯菲尔似乎总算察觉到红绿灯的意义了，在遇到红色信号灯的时候会注意要稍微减速。虽然深夜路上的车流量骤减，但她们刚才能够平安无事地穿越市区道路依然可以说是一种奇迹了。

“……到冬木的艾因兹柏恩领地还要很远吗?”

“我听说开车差不多要一个小时，只要靠近了应该就会知道吧——”

Saber满心希望这趟在鬼门关前徘徊的旅程能够早一点结束。深夜里的对向车道看不到有车真是不幸中的大幸，即使如此，每当车子进入弯道时，她血液中的肾上腺素还是会飙高到备战状态。身为从灵的她拥有超人一等的体能，如果有什么万一的话，她当然可以抱着爱莉斯菲尔立刻逃出。但这样一来，这辆市价少说千万日元的传说级名贵跑车就会变成一堆无用的废铁。当然Saber并没有金钱概念，所以不会觉得有什么可惜。

“……雇佣一位专职司机不是比较好吗?”

“当然不好。这样就太无趣——不对，太危险了。一旦进入了冬木市，随时随地都有可能遭到其他召主的攻击。Saber也不希望有其他人被波及吧?”

“你说的是没错……”

Saber开始认真思考在这条山路上遇袭的可能性和爱莉斯菲尔的驾驶技术究竟哪一边的危险性比较高。就在这时候，她的意识里突然感觉到一股如同刀锋般尖锐的寒气。

“快停车!”

“咦?”

爱莉斯菲尔一时半刻还无法反应这突如其来的警告，愣了一愣。Saber则是不管三七二十一，好像要扑向驾驶者一般，半个身子硬是挤进驾驶座，一只手抓住方向盘，左脚脚尖把刹车板猛踩到底。

Saber 立时就能判断如何驾驭这台暴走机器的原因要归功于她身为从灵所获得的骑乘技能。不论已知或未知，她通晓所有交通工具的操作方法。

紧急刹车锁住驱动轮，幸好道路是直线车道，车子并没有打滑。梅赛德斯一边从轮胎里冒出阵阵白烟，一边在柏油路面上滑行。无法控制的滑行持续了几秒钟——在这几秒钟内，Saber 再次确认到那股让人全身汗毛直竖的灵力。

绝对没错，这是从灵的气息。真是说人人到。

"Saber，那个——"

看到梅赛德斯的车头灯投射在路上的光环中出现一道怪异人影，爱莉斯菲尔的话语戛然而止。

修长的人影好像完全不在乎车辆急驰而来的危险，若无其事地伫立在道路正中央。

那人穿着一套样式古老的豪华长袍，黝黑的布料染上一层有如鲜血般的深红色。一双异常圆大的眼眸让人联想到夜行性动物的眼睛。就算无视那人奇异的外貌举止，只要想到现在的时间地点，任谁都不会认为他是一般的行人。

车体的动能屈服在轮胎的摩擦力之下，梅赛德斯终于停了下来，与那道挡在半路上的人影之间距离还不到十米。

"……Saber？"

听见爱莉斯菲尔语气紧张的呼唤，Saber 迅速思考现在的状况。

"我下车之后，请你马上也到车子外面来。尽量待在我身边。"

即使是钢骨架构的车体，面对从灵也和纸箱无异，留在车里一点防护作用也没有，还不如让爱莉斯菲尔待在自己能够保护得到的地方。

Saber 打开鸥翼式车门，走到夜晚寒冷的空气中。在夜风中骚动的林木气味中还带有一股刺鼻的轮胎焦臭味。

站在对面的孤影不是刚才在仓库街遇见的四人当中的任何一名。Saber 在心中思量着……如果是还没遇见过的从灵，那就是 Caster（魔术师）或者是 Assassin（暗杀者）。

爱莉斯菲尔与 Saber 还不知道前一天晚上在远坂家策划演出的那一出闹剧，所以无法将 Assassin 从可能性之内剔除，但是这样不闪不躲，大大方方挡路的敌人应该不可能是 Assassin。那么依照消去法就只剩 Caster。

可是……

“赴战的人会有这种表情吗？”

再一次仔细观察对方的相貌表情之后，骑士王心中产生这样的疑问。

那个人在笑，如果只是面带笑容的话倒还能理解。面临生死关头之际，感受到喜悦的战士绝不在少数。可是这个 Caster 的笑容又是怎么回事？那张脸上充满着单纯无瑕的喜悦，好像终于和生离死别的亲人兄弟重逢一样，看了甚至让人为他感到同情怜悯。

Saber 觉得有些迟疑。就在她要开口询问对方身分之前，Caster 做出一件让她更意想不到的事情。

他竟然毕恭毕敬地垂下头，屈膝跪在柏油路上，行臣下之礼。

“我来迎接您了，圣女。”

“什么……”

Saber越来越感到困惑。她身为一国之主，确实曾经接受过许多英雄豪杰的跪礼。但她完全不知道跪在眼前的男子是谁，在卡美洛特（亚瑟王宫殿）服侍她的臣子当中并没有这个人。

再说这个人口中“圣女”的称呼本来就很奇怪。Saber以亚瑟王的身分统治不列颠，直到她过世都没有人知道她真正的性别。

跟在Saber之后走出梅赛德斯的爱莉斯菲尔小心翼翼地从Saber身后偷看Caster。

“Saber，你认识这个人吗？”

“不，我不曾见过他——”

Caster似乎听见Saber与爱莉斯菲尔窃窃私语的声音，脸色大变，抬起头来。

“……这怎么可能！您是说您已经不记得我这张脸了吗？”

Saber见他说话语气如此夸张，更是觉得不高兴。

“哪有什么记不记得，我和你是第一次见面——我不知道你是不是误会了什么，你，认错人了吧？”

“喔喔，喔喔喔……”

Caster发出令人为之鼻酸的哀叫声，双手用力乱抓头发。刚才的喜悦表情顿时荡然无存，慌乱与失望使他油亮的异容如同漫画般扭曲变形。光从这一点能看出此人的情绪起伏极为剧烈，非常危险。

“是我啊！我是您永远的忠仆吉尔斯·德·莱斯（Gilles de Rais）！我全心全意希望您能够复活，期盼与您再次相会！我甚至像这样来到时空的尽头，只求到您的面前拜见！贞德（Joan of Arc）！”

听见那个人悲叹不已的倾诉，爱莉斯菲尔倒抽了一口气。

“吉尔斯·德·莱斯……！？”

对她们两人来说，这已经是第二位从灵自陈姓名了。无论他意欲为何，这个流传后世的响亮名号的确能够让他以 Caster 的身分现世。

可是站在 Saber 的角度来看，知道对方的身分只是让她的疑惑进一步转变为拒绝之意。

“我没听过你的名字，也不认识那个叫做贞德的人。”

Saber 叹口气，带着半分无奈的语气说道。Caster 听见她这么说，变得更加狂乱，气喘吁吁。

“怎么可能……难道，您忘记了吗？忘了您自己之前的身分！？”

就算再怎么说，对方还是听不进去。Saber 虽然感到不耐烦，但还是冷冷地看着 Caster，不客气地说道：“既然你已经自报名号，我也遵从骑士之礼告诉你真名吧。我的名字是阿尔特利亚。尤瑟王的长子——不列颠之王。”

看着眼前的少女抬头挺胸，昂然道出自己最引以为傲的家世。Caster 不发一语，彷徨若失了好一阵子之后——

“喔喔！喔喔喔喔喔喔！！！”

他发出惨呼一般的号啕哭声，不顾体面地猛力捶打地面。

“多么让人痛心！多么让人叹息！想不到您不只失去了记忆，甚至精神错乱到如此地步……可恨！神究竟要折磨我美丽的少女到什么程度！”

“你究竟在胡言乱语些什么？我根本就——”

“贞德，难怪你不愿意承认。过去你对神的信仰比任何人都还要强烈、虔诚。最后却被神背弃，没有任何庇祐或是救赎，被当成魔女处死。难怪你会迷失。”

Saber 感觉到一种不同于畏惧的恐怖，让她的背上寒毛直立。

这个男人根本没有在听 Saber 说话，打从一开始他就没有意思要听。关于 Saber 的身分，他已经完全相信自己随便捏造出来的妄想，并且做出结论。他完全不想听 Saber 的反驳。

也就是说这段应答根本不是两个人在对话。Saber 只不过是被迫加入这个疯子的疯言疯语，演了一出闹剧而已。

“快点醒过来啊！贞德！不可以再受神的迷惑了！你是奥尔良（Orléans）的圣女，法兰西的救世主贞德啊！”

“不要再闹了！真是难看！”

Saber 不再困惑与犹豫。她面露厌恶之色，出言斥责跪在地上的 Caster。

“我是 Saber，而你是 Caster。我们有缘在这里见面是因为我们都是为了圣杯而争战的从灵，除此之外什么都不是。”

“……Saber，你对这个男人说再多都是没用的。”

站在背后的爱莉斯菲尔规劝情绪激动的骑士王。

Saber 阿尔特利亚因为是不完全的英灵，英灵之座没有给予她通晓古往今来的知识。因此她对“蓝胡子”吉尔斯·德·莱斯伯爵充满疯狂色彩的传说一无所知。

以法国救世英雄的身分登上元帅之位，后来却背弃那份荣耀，沉沦于黑魔术的邪恶与淫欲当中，最后甚至残杀了数百位少年的神圣恶魔——就在吉尔斯坠入疯狂的同时，曾经与他一起并肩作战的贞德也走上了悲惨的结局。因此有许多故事传说将这两件事互相勾连。果然，因为圣杯召唤而现世的英灵吉尔斯·德·莱斯所表现出的偏执只能用疯狂来形容。虽然不知道Saber的容貌与神采是否和贞德相似，但想必不至于相似到完全分不出来的地步——但是吉尔斯却坚信Saber就是他思念的那个人，不许任何人质疑。

“贞德，请您不要再自称为Saber了，也不要称我为Caster。我们已经不再受到从灵身份的限制。圣杯战争的结果已经揭晓了啊！”

“你的想法真是独特。”

代替生气到连话都说不出来的Saber的是爱莉斯菲尔的开口询问。

“吉尔斯元帅，如果你说战争已经结束了，那么圣杯究竟怎么样了呢？”

“万能之釜的许愿机当然已经在我手中了！”

Caster脸上洋溢着笑容，昂首大声地宣言。

“因为我唯一的愿望，圣女贞德的复活已经实现了！我不必和任何人竞争就已经达成愿望！不必流一滴血，圣杯已经选择了我！”

锵地一声巨响，Caster面前的柏油路被一分为二。

那是Saber的无形之剑。Caster就算看不见，光凭着升腾的剑气就已经知道有一柄利剑指着自己的鼻尖吧。

“如果你再继续愚弄我们英灵的祈愿——下一次我就会毫不客气地杀了你，Caster。”

Saber的话语中没有任何抑扬顿挫，语气本身就如同剑刃般冰冷。

“快站起来，杀一个跪倒在地的人有违我的信念。如果你也算是个战士的话，就不要再耍弄那些不三不四的歪理，正正当当地打赢战争，取得圣杯吧。你的第一个对手就是我 Saber，我现在就可以在这里和你一分胜负。”

狂热的火焰从 Caster 的双眸中熄灭。

他原本因为激情而扭曲的异容骤然一变，以冷静的表情抬头看着挺立在自己眼前的 Saber。但他眼神之内蕴含的意志力丝毫没有减退。

这种眼神是心中已经暗自下定决心的眼神，内心的疯狂只不过是改变形式，转变为不同性质的意志罢了。

“贞德，原来您已经这么深深地封闭自己的心灵，只用言语劝说已经听不进去了吗？”

Caster 深沉的低语中已经没有先前的哀怨。

“那就没办法了，需要下一点重药才能让您苏醒。那么等我下次做好万全的准备之后再来见您吧。”

裹着黑袍的身形轻飘飘地抽身一退，与 Saber 大大拉开一段距离之后挺身站起。重新再看他修长的身躯，散发出来的压迫感与刚才跪倒在地，涕泪纵横时简直判若两人。唯有数次用鲜血染红大地的人……被尊崇为英灵或是被当成暴君为人畏惧者才拥有这种威风与气魄。

这个男人肯定是个麻烦的对手——Saber 与站起身子的 Caster 对望，直觉地认定。

“我在此发誓，贞德。下次见面的时候，我一定……一定会让您的灵魂从神的诅咒下解脱。”

"说都说不听。既然无心动武，那就快走。"

Saber 冷冷地说道。Caster 对她默默行了一礼之后，解除实体化，消失在黑暗当中。

Saber 深深吐一口气，解除备战状态。精疲力竭的爱莉斯菲尔也累得靠在奔驰车的车轮挡板边。

"和一个讲不听的人说话……真是累人呢。"

"一点都没错。下次他开口之前我就会杀了他——他那种人让我觉得浑身不自在。"

Caster 撤退之后，Saber 还是一脸忿忿不平的样子。

"白白让他逃跑，很不甘心吗？"

"我很想当场让他为他那些疯言疯语付出代价……不过事实上却非如此。"

Saber 的怒容中含着某种难以言喻的神色，皱着眉头露出不甘愿的表情。

"事实上，Caster 主动撤退对今天晚上的我来说反倒是一种侥幸。"

"是这样吗？"

Saber 这种消极的言语出乎爱莉斯菲尔的意料。

对付专精魔术战斗的魔术师属性，拥有最强抗魔力的剑士属性是最厉害的王牌。只要双方在正面对决的状况下战斗，Saber 应该占有压倒性的优势。

但是 Saber 脸上的表情仿佛在说就连她自己都觉得心有不甘："那个 Caster……有点不太对劲，或许他和一般定义的魔术师不一样。虽然我无法确定……但是我感觉在左手被封的状态下和他对战太过冒险。"

因为属性的关系，Saber 的第六感已经强化到能够预知未来。既然连她都感觉不寻常，爱莉斯菲尔也不得不一改对 Caster 的评价。

“不管怎么样，首先要处理的是 Lancer……”

“是的。幸好那位枪兵是一名情操高尚的战士，想必不会逃跑也不会避战。而且他也希望与我再一次对决。”Saber 与 Lancer 虽然敌对，却如此果断地说道，看来她很欣赏那个 Lancer。但是爱莉斯菲尔心中还是有一股难以磨灭的不安。就算从灵再怎么样充满骑士精神，并不代表他的召主也是同一种人。

眼前的骑士王受到从灵的枷锁禁锢，在未来的战斗中是否能彻底贯彻那把剑的荣誉……想到这一点，一股难忍的沉重与悲观情绪涌上爱莉斯菲尔的心头。

有一件事不只爱莉斯菲尔与 Saber 不知道，就连已经先行离去的 Caster 都一无所知。那就是刚才他们三人会面的状况自始至终都受到追踪者的监视。

国道旁的茂密森林里，有一副模样诡异的苍白骷髅面具正悄悄潜伏在黑暗中的树枝上。追踪者不只融入黑影之中，他自己仿佛就是一道影子，隐蔽自己所有气息躲过 Saber 等人的感应。这人不是别人，正是 Assassin。他听从言峰绮礼的命令，从仓库街开始跟踪 Saber 与爱莉斯菲尔，一路跟到这里。

这次任务本来是为了追踪被认为是艾因兹柏恩家召主的爱莉斯菲尔，但是跟到这里，却发生了意想不到的状况。Assassin 终于发现在仓库街大混战中一直没有现身的最后一名从灵 Caster 的存在。

Caster 已经化为灵体离开，他的气息虽然迅速远去，但 Assassin 敏锐的感应力还能察觉到他的气息。要追的话就是现在。

“当然没有不跟下去的道理。”

Assassin 的背后传出呼唤的声音。笼罩在黑暗下的森林中浮现出一道朦胧的影子——赫然又是另一张白骷髅面具。

第二位 Assassin 的外貌体格虽然与第一位有些不同，但是同样戴着白面具、身穿黑斗篷。而且这两位 Assassin 不论体格还是声音各方面都与仓库街担任斥候的 Assassin 不相同。虽然是同一种属性的从灵，但他们每一个人显然都是不同的个体。

“可以拜托你吗？”

“嗯。你就继续追踪 Saber 和她的召主吧……对了，绮礼先生有看见这个状况吗？”

“不，他现在与我没有共享知觉。”

一开始担任爱莉斯菲尔跟踪任务的 Assassin 摇头。他果然与仓库街的斥候不是同一个人。

第二位 Assassin 闻言很不高兴。

“这件事还是应该尽快告知绮礼先生……”

“这件任务就由我来接下吧。”

第三个人的声音插入两人的对话之间。虽然已经没什么好讶异了，此时又有一张白色骷髅面具出现在黑暗中。这次出现的人声音尖高，身躯矮小，好像是个孩子。不知道究竟有几位 Assassin 聚集在这里。

梅赛德斯的怪物引擎再度在夜晚下开始呼吸，发出咆哮声在国道上渐行渐远。爱莉斯菲尔与 Saber 又开始继续赶路了。

三道黑影互相点头，如同一阵旋风般消失在夜色中。

×　　×　××　　×　×　×　　×　×

极为浓厚的鲜血颜色染黑的昏暗之中，只有一盏烛台灯的火光照亮龙之介线条纤细的脸庞。

那只以男性来说过度优美细长的手指沾得一片血红。他坐在长桌旁，面前有三条带着湿润光泽的生肉横向并排铺在桌上。

那是一条拉出来铺满整张长桌，钉在桌面上的人类肠子。

龙之介的眼神极为严肃，一边凝视着眼前的肉带，一边用左手拿着的小音叉敲打桌角，发出清亮的声音。

趁着清澈声音还在回荡的时候，他的右手手指迅速在肠子的各处按压。他每按一下——

咿……

呜……

充满痛苦的呻吟声就在黑暗中传开。

龙之介注意倾听这些呻吟声，与音叉的残音互相比较之后满意地点点头。

“好，‘Mi’就在这里。”

他自言自语说道，把画着音符的标签刺在肠子的某一处。同样的标签已经在不断抽搐的肉带刺上了好几个。

虽然受到如此残酷的折磨，但这条肠子还是活着的。正确地说应该是这条肠子的主人还活着。

一位少女被钉在长桌上方的十字架上，因为持续不断的痛苦而啜泣。她的下腹部被横向剖开，从里面拉出来的内脏正排列在长桌上，成为龙之介的玩物。

龙之介想要用活人的肠子制作一架以悲鸣为音色的风琴。这个点子就连“蓝胡子”都给予很高的评价。为了不让当材料的少女因为失血过多或是细菌感染而死亡，她被施下好几层的治疗再生魔术，另外为了不让脑部分泌物质麻痹痛觉，对痛觉也做了处置。

人的身体非常纤细，动太多手脚的话，就会停止生命活动，龙之介以前就一直为这点所困扰。现在多亏有魔术师协助他的工作，所有困难都排除了。利用这些不会因为一点小事就消耗掉的牺牲者肉体为画布，他可以自由地展开感性的双翼，挥洒自如。

“那就再来一次。‘Do’‘Re’‘Mi’。”

龙之介一边自己哼唱，一边伸手按压肠子键盘。可是因为他的动作而发出的苦闷呻吟却只是一连串不协调的声音，根本不是什么音阶。

“……嗯嗯？”

染血的调音师皱起眉，再按一下刚才用音叉确认过的肠子位置。绑在十字架上的少女发出的呻吟声又和标签上的表示音不一样。

仔细一想，就算刺激同一处痛点也不见得每次都会发出相同音阶的惨叫。这么一来，这个人肉风琴的构想本身就有构造性上的缺陷了。

“真是的……”

龙之介抓抓头，失望地叹口气。

继昨天辛苦奋斗了大半天的人肉阳伞之后又一次失败的发明。这样连续遭遇挫折，他都快要失去自信了。

可是龙之介重新回想起昨天“蓝胡子”说过的一番训示——他在安慰弄坏阳伞大感失意的徒弟时柔声说：

“任何事情最重要的都是最初的构想。就算结果差强人意，挑战本身才是意义所在。”

伟大的恶魔笑着激励龙之介。对一个走在孤独的艺术之路上，从未受到任何人赏识的青年来说，这番话对他是多么大的鼓励啊。

必须要更努力才行。龙之介赶走灰心的念头，重新振作起来。不可以害怕失败，所有的一切都是试错。千里之行，始于足下。

思考要更正面积极一点。现在放弃这架人肉风琴为时尚早，只要从根本开始检讨，说不定可以找到改善的方法。

何况不论音色如何，他玩弄这条裸露在外的肠子时，少女的表情实在既美丽又撩人。这个素材啼哭时的表情这么漂亮，放弃实在可惜。

这时，充满刺鼻血腥味的黑暗空气突然剧烈摇动，空气中的魔性密度更加浓厚。魔术工房的主人回来了。

“你回来啦。老大。”

“蓝胡子”，也就是从灵Caster神色木然地出现在烛火的光圈之中，顶着一张面无表情的扑克脸，对龙之介看也不看一眼。他出去时的心情明明高兴到快要手舞足蹈，回来时的态度却一百八十度大转变。

是不是在外面遇到了不愉快的事情？龙之介有点不放心，但他还是必须报告自己的工作成果。

“老大，对不起。人肉风琴还是不行啊。但是我呀——”

“不够。”

“嗄？”

“蓝胡子”小声的低语显然不是因为他听见龙之介说的话。正当龙之介讶异的时候，Caster从长袍的衣摆下伸出手，五指张开扣在十字架上喘息，求生不得求死不能的少女头部。

“只有这种程度的话，完全不够！”

“喔，嗯。这件事其实我也已经发觉了……啊啊！？”

龙之介的辩解说到一半就断了。Caster如同蜘蛛脚般细长的五根指头一用力，少女的头颅就像水果一样被捏碎了。

“怎么这样……”

虽然事出突然让龙之介非常丧气，但是他也察觉到“蓝胡子”不只是心情不好。现在“蓝胡子”的情绪非常激动，就连龙之介的存在都不在他的眼里。

“可恶的神，到现在还束缚着贞德的灵魂不放！渎神的活祭品还不够多！”

“蓝胡子”口沫横飞，喋喋不休说个不停，从他的眼神中看不到一丝理性的光芒。虽然不知道发生了什么事，贞德应该就是指刚才在水晶球里看到的那个身穿铠甲的女孩吧。

“原来是为了女人啊，这下子说不定会拖很久。”

龙之介很同情他，虽然认识他的时日还不久，但龙之介已经知道实际上这个长相奇特的恶魔的精神比一般人还要纤细。

“我一定要让她知道在这个世界上，神的神圣性不过是虚伪的假象罢了。世界上根本没有什么所谓的救赎，羔羊们的祈祷绝对不可能被神听到！”

“嗯嗯，你说的没错。我都了解，老大。”

在一旁附和的龙之介当然完全不明白“蓝胡子”话语中的意义。可是他一点都不想深究，他可不会不识相到去插手管别人的男女问题。

“光只是羞辱神已经不够了！我们一定要证明才行。证明神的威严已经沦丧、神的爱是虚幻！神已经无法制裁人类！任何恶行、邪性都绝对不会受到神的惩罚！你说对吧，龙之介！”

“是啊。什么神明，不过就是无能的胆小鬼，老大你比他们更酷呢。”

“既然这样！我们就要变本加厉！将活祭品堆积成山，呈现在她的眼前！”

听到“蓝胡子”的宣言，龙之介显得有些犹豫不决。

“那个……你是说，从今天开始，要量重于质……吗？”

“没错！正是如此！不愧是龙之介，你果然明白事理！”

“蓝胡子”似乎觉得龙之介的话深得其意，脸上突然又露出笑容，揽着龙之介的肩膀拍了拍。他的情绪像这样激烈转变不是今天才开始的，龙之介早已见怪不怪。但龙之介对他要改变行事方针一事还是觉得兴趣缺缺。

“龙之介，现在牢里的小孩子还有几个？”

“……还活着的有十一个。其中三个我稍微玩过，快要坏掉了。”

“很好。首先就从那十一个人开始，马上把他们拿来献祭。迅速收拾掉之后再去补充新的吧。”

“总觉得有点浪费。”

这种大量虐杀的行为不符合龙之介的兴趣。他是个彻头彻尾的艺术家，不是杀人机器。那种像堆积木一样，将大量的无趣尸体堆积成山的行为和战争或天灾没两样，完全就是浪费。一个一个花时间慢慢凌迟才是杀人啊。

“蓝胡子”似乎也发现龙之介有些不情愿，露出他特有的那种充满慈爱的天使笑容，仿佛在安抚一个不听话的小孩一般劝诫龙之介。

“听我说，龙之介，不可以这样小家子气。你要想想，这个世界上所有生命都是我们的财产，所以你要具备王公贵人的雍容大度才行。过得奢侈一点，你要明白自己的财产取之不尽、用之不竭。你要用这种方式学习如何表现出足以担任吾主的风范。”

“国王啊……”

没错，龙之介已经是富豪之身了。

龙之介对货币金钱没有兴趣。对他来说，只有人类的生命才是会经由消耗而产生价值的东西。而他已经得到“蓝胡子”的帮助，就算犯下天大的杀人重罪也永远不会受到法律的制裁。“蓝胡子”给了他权利，任何时间任何地方想要杀多少人都是他的自由。

如果龙之介可以对这世界上的众生为所欲为，就代表这些生命都是属于他。教皇或是总统什么的根本就没法比，雨生龙之介才是现今世界上最富有的人。

“可是我认为如何花用也很重要……”

“龙之介，你出生在这个深受资本主义荼毒的时代，这种观念对你来说可能难以接受。你要知道，对贵族来说浪费是一种美德。家财万贯之人都有义务把浪费当成一种骄傲，向世间展示。这么做财富才显得珍贵，才有意义啊。”

“嗯……”

虽然嘴巴上说了许多，龙之介对“蓝胡子”的信任早已经根深蒂固了。这位死亡与颓废的巨匠说不定还会用意想不到的方式给予他全新的感动。

总之今天晚上就按照“蓝胡子”的指示，专心把那些小孩子尽快处理掉吧。或许就算在有限的时间当中，他也能摸索到自己喜欢的风格或是享受趣味的方法。越这样想，他就越觉得这也是一种有趣的尝试。

可是——

听“蓝胡子”说了这么多大道理，那位龙之介原本要拿来做成人肉风琴的少女始终在他脑海中挥之不去。

虽然被“蓝胡子”捏个粉碎，已经烂得不成原形——可是那张脸蛋……真的好可爱呢。

−149：47：12

从冬木凯悦饭店的最高层客房——地上第三十二层的高度极目眺望，眼见风光是全冬木市内独一无二的壮阔。

论高度，这第一名的位子不久之后就要让给即将落成的新都中央大厦（Center Building）。但新都现在仍然在开发中，而这间凯悦饭店是在开发最初期兴建完成的。

今后随着新都的发展，新落成的旅馆还会一一增加。可是凯悦饭店当然不会把冬木市最高级设施以及最佳待客服务饭店的宝座让给后起之秀。饭店经理与上下从业人员心中都引以为傲，这家饭店仍然具备让所有客人感到名符其实的高级质量以及格调。

肯尼斯·艾梅罗伊·亚奇波特爵士包下了这家饭店的顶级套房，一人独占窗边的真皮沙发。但是他心中的郁闷之气丝毫不见好转。

以他的观点来说，打造这间套房的庸俗之人根本不知道何谓“尊荣华贵”，只是一间大而不当的房间、空有高价的家具，以及一些奢华空洞的装饰品。生来就是贵胄子弟的肯尼斯对凡夫俗子极尽追求的浮夸奢华十分敏感。这间套房就是如此，既没有一点历史渊源，也感觉不到任何文化气息。只不过是一间利用抄袭来的感性，表面上拥有华美摆饰的丑陋猪窝。

如果要追究这种卑贱习性的话，问题还不只是这家旅馆。这个叫做日本的小小岛国本身就丑恶无比，处处都忤逆他的神经。

就连庸俗的香港都还保有当地的风俗习惯，而这个冬木市的新都完全没有异国风情。高处向下望，找不到任何特色可以看出这里到底是哪个国家的什么城市。只是到处搜括一些新颖又肤浅的矫饰，全部堆积在一起而已。要说都市的内在精神，这座城市和一座大垃圾山没两样。

这个岛国位居东方世界的最尽头，如果还保有偏僻渔村的淳朴生活型态，还算有点风味……不过日本人这种人种想必和那种含蓄的自觉无缘吧。这个一百多年前就连宪法都没有的未开化国家光靠着什么科学技术、经济能力等粗浅的交涉应对就想与西欧诸国一别苗头，恬不知耻地自以为跻身于文明大国的行列，大现丑态。真是让人觉得莫名其妙。

极度的厌恶感让肯尼斯偏头痛几乎发作，他神经质地用手指轻敲额头，满腹无处可发泄的焦虑化为叹息吐出。

事实上他并不是会因为住宿地的质量不佳而怒形于色、挑三拣四的狭量小人，另有其他原因让他如此烦躁。

房内摆设的宽银幕电视上，深夜的节目改调时段，正在播报紧急新闻。情绪激动的播报员正从现场报道冬木市当地海港地区的仓库街发生原因不明的爆炸事故。

大约在四个小时前，消防车收到附近居民通报听见爆炸声响而赶往现场。虽然没有被报道出来，那些现场采证的警官应该已经正在欣喜过望地捡拾那些散置在现场，用来鱼目混珠的爆炸物痕迹吧。他们根本不知道那场破坏实际上是由于无法得知的异象所造成的……

难怪圣堂教会如此大言不惭地自居为监督者，他们的手段的确优秀。依照时间倒算回去的话，大概在肯尼斯撤去驱人结界之后三十分钟之内，所有隐藏工作就已经完成了。

一切事实真相都已经不存在，只留存于当时身处现场那些人的记忆之中。其中一个人就是肯尼斯，他就是Lancer从灵迪卢木多所侍奉的召主。

期待已久的圣杯战争终于开幕，准备万全的肯尼斯打了第一场仗，但是成果却与他的预料相差甚远。

自年幼时起，肯尼斯·艾梅罗伊·亚奇波特总是比其他孩子更优秀。不论是什么题目，他都可以比任何人更加高明地解决，与他竞争的对手没有一个能够超越他。

他没有执着的上进心促使他不断努力；也不曾追求过什么了不起的目标。只是他达成的成果总是比他人更加卓越而已。

高成就的结果当然让少年肯尼斯了解到自己是人称“天才”的人种，这是自己与他人都有的共通认识。没有人对此有意见，也不曾有任何人事物威胁到他的自信。因此他并不狂妄自大，也不特别以此为傲，只是理所当然地继续展现才华。

他不曾遭遇困境，也不曾烦恼自己可能江郎才尽，年轻的肯尼斯完全支配自己的世界，他对这点认知从来没有一丝怀疑。他是超卓的魔术师，还是名门亚奇波特家的嫡子。不但继承刻印，接受家族历代的魔导成果，本身也拥有稀世的卓越才能。这一切“事实”都让他的光荣有了正当的理由，也难怪他一直深信没有一件事不在自己的掌控之下，这不光是肯尼斯自己个人的自负，也是他身边所有人的共通见解。

不管是在时钟塔里完成各项精彩的研究成果，或是以前所未见的速度提升位阶，平步青云。每个人都因为他是“大名鼎鼎的艾梅罗伊爵士”而自然接受。肯尼斯被别人称呼为神童习惯了，即使他的立场集合众人的羡慕与嫉妒于一身，他也不觉得有什么满足或是成就感。这一切在他的人生当中不过是“理所当然的结果”罢了。

过去是这样，当然未来肯尼斯的成功也是无庸置疑。这是“人生与他的约定”，神圣而不可侵犯，同时也是他不容质疑的大前提。

就因为世界的秩序对他来说如此浅而易见，所以——虽然这种事鲜少发生——如果一些极为稀少又不可预期的不便与巧合累积起来，导致某种“出乎预料”的事态发生，他认为这就是一种绝对难以忍受的混乱、亵渎上帝的秩序。

举例来说。

原本有百分之百的机会可以收拾掉剑士从灵，却白白让她逃过一劫。像这种突发事件是他绝对无法接受的。

“出来，Lancer。”

“我就在您身边。”

话声刚落，俊美的英灵化为实体，恭敬地跪在肯尼斯脚边。以灵体的形态直接对话其实没什么不方便，再说肯尼斯自己身为降灵科的主任讲师，早已经习惯与无形的灵体对答，但是如果有方法可以直接面对面说话，那当然是再好不过。

特别是和这个从灵说话的时候——肯尼斯想要一边和他说话，一边仔细观察他表情中的细微变化。如果谈话内容不是对谈，比较接近质问的话，那就更应该这么做。

“今天晚上谢谢你了。我已经充分见识到迪卢木多赫赫有名的双枪了。”

“过奖了，吾主。”

Lancer 淡淡地回礼，没有因为赞许而洋洋自得，也没有露出喜悦的神情，更看不出来有隐藏心中不平不满的样子。他的举止谦恭含蓄，堪为习武之人表额率。

但是在肯尼斯的眼里看来，Lancer 的态度只是想隐藏自己的想法，坚不透露自己真正心思的可疑行为罢了。

“嗯，我确实是充分见识到了，所以我要问你……你到底在打什么主意？”

“……您的意思是？”

虽然肯尼斯说话口吻瞬间一变，开始带有逼问的语气。但是 Lancer 还是不改他谦敬的态度。

“Lancer，你不是以从灵的身分向我宣誓过吗？要全力以赴为我取得圣杯。”

“是的，您说得没错。”

“那你为什么沉溺于游乐当中。”

就算被召主这样指责，Lancer 的表情却没有因为愤怒或慌张有一点点改变，只是恭敬地敛目垂首。他自己可能也已经预料到会有这场斥责吧。

“……我以骑士的名誉发誓，绝对不会因为嬉闹之事持枪。”

“哦，是吗。你说得倒是好听。”

肯尼斯神色略有不屑，冷哼一声后继续追问下去。

“那么我问你，你为什么没能杀死 Saber？”

“那是——”

“不只是一次，你曾经两度压制住 Saber，但是两次都让制胜的机会溜走，还让我消耗了一道令咒。”

“……”

这次 Lancer 无言以对，沉默不语。

“我再重复一次。今天晚上的战斗我完全看在眼里。就是因为我看得一清二楚，所以我才这么说。Lancer，你在‘享受’战斗。”

肯尼斯冷漠地俯视低头不语的骑士，用极为讽刺的口气说道：

“和 Saber 的战斗真的那么愉快吗？愉快到让你舍不得和她当场立即分出胜负？”

就旁人的眼光来看，Lancer 或许已经打了一场值得称赞的漂亮战斗。但是对召主肯尼斯来说，那只不过是一场漂亮的战斗而已——最终没有具体的成果让他十分懊恼。

原本自己真正想要召唤的英灵伊斯坎达尔的圣遗物被那个不肖弟子韦伯抢走。韦伯也不去称称自己有多少斤两，竟然当上了伊斯坎达尔的召主。结果不出所料，他无法驾驭从灵，让从灵彻底失控。结果因为韦伯的失态，使得战局演变成大混战，就连肯尼斯的 Lancer 获胜的机会都因此而丧失……现在肯尼斯的心中对这些事情并不感到焦躁愤怒，他要泄愤的对象就只有韦伯一个人，既然韦伯本人不在自己面前，就算再生气也于事无补。肯尼斯将这股怒气深埋在心中酝酿，之后哪天和韦伯对战的时候再尽情宣泄就可以了。他这个人对于这种“对外的愤怒”是非常现实、冷静而无情的。

可是相反的，肯尼斯对于“向内的愤怒”就完全无法忍受。因为他的才能过度异于常人，让他的人生至今一直与失败或挫折无缘。虽然这种事情很少发生，可是每当他的亲属或是部下做事结果不合他尊意的时候，他必定会大发雷霆。这就是一出生就注定成功，从小到大接受众人祝福于一身的人所特有的弱点吧。

就像现在，虽然韦伯的闹场妨碍了肯尼斯的胜利之路，但是Lancer 无法为他带来胜利更让他感到生气。

“……非常抱歉，吾主。”

Lancer 低着头忍受肯尼斯充满怒火的眼神，压低了声音，神色俨然地道歉。

“我发誓总有一天一定会摘下 Saber 的首级，请您再给我一点时间。”

“这种事根本不需要发誓！本来就是你应该完成的工作！”

肯尼斯的情绪终于爆发出来，暴喝一声反驳 Lancer 的道歉。

“你已经和我缔结契约了！答应我肯尼斯·艾梅罗伊得到圣杯！这就代表你要把其他从灵全部杀光。这可是这场战役的大前提！现在还发这些誓做什么……只不过对付 Saber 一个人就要发誓？你胆敢说这种约定有什么价值吗？到底有没有搞清楚状况？”

“——不清楚状况的人应该是你吧，艾梅罗伊爵士。”

出声说话的人不是 Lancer 也不是肯尼斯，而是第三者。有一位女性从房间的寝室中出现，不晓得何时开始一直在聆听从灵与召主之间的对话。

那名美女的言行举止不同于她那如火焰般鲜红的头发，感觉就像是极寒冰雪一般冷淡。她刚度过青春期，比肯尼斯略小了几岁，全身充满活力。旁人一眼就能看出这位佳人的气质不是娇美或是母性，而是尊贵与理智。即使她严厉的眼神当中带有轻视他人的傲慢神色，同时也形成一种女皇般的威严，散发着魅力。

她眼中严厉的责难只看着肯尼斯一个人，好像在斥责自己的臣子一般。

“Lancer 表现得很好。有问题的应该是你的现场判断，不是吗？”

“索菈乌，你在说什么……”

依照肯尼斯的性子，这时候早就应该暴跳如雷了。可是他没有发作，言语间反而有些踌躇，全都是因为这位女性对他来说与众不同。

索菈乌·娜泽莱·索菲亚利（Sola-Ui Nuada-Re Sophia-Ri）。她是降灵学科之长，也是肯尼斯的授业恩师索菲亚利学部长的千金，同时也是成就肯尼斯荣耀的命运女神——他的未婚妻。

亚奇波特家与索菲亚利家双方是不分轩轾的高贵名门，这两大家族的联姻，而且还是稀世天才与学部长之女的姻缘婚配震撼了时钟塔上上下下。因为索菲亚利家传的魔术刻印已经让给继承家长之位的哥哥，所以索菈乌自己的魔术师位阶并不算高。可是她与哥哥一样，继承了索菲亚利家代代精炼下来的顶尖魔导血统，拥有的魔术回路远远超出一般人。在她接受了“神童”肯尼斯的基因之后，想必一定能够为亚奇波特家下一代带来特级的纯净血统。这根本就是已经应许给肯尼斯的荣耀。

但是——这样的未来在旁人眼里再怎么灿烂，对两位当事人来说未必幸福。

索菈乌注视未来夫婿的眼神带着露骨的轻视之意，甚至可以说是充满着侮蔑。肯尼斯则是一脸苍白，忍受着这种羞辱。他们两人的样子再怎么看都不像是一对关系亲密的伴侣。

“肯尼斯，依照我的看法，我认为即使必须要和 Saber 合作，还是应该依照 Lancer 的建议，将目标放在 Berserker 身上才对。”

索菈乌虽然没有亲身参与仓库街的战役，但是她使用自己的使魔，早已逐一掌握整场战斗的细节。她当然不是看着好玩的，虽然没有魔术刻印，但是她同样是名门索菲亚利家的一分子，接受过魔术教育的熏陶。对于圣杯战争这种魔术师之间竞争，她和参与战斗的召主肯尼斯一样知之甚详。

不，因为她对圣杯战争有深入的了解，反而对肯尼斯身为召主的所作所为有很深的不满。

“Lancer的‘破魔红蔷薇’对抗Berserker是非常有效的宝具，如果再加上Saber的协助，一定可以轻易打倒那个黑色从灵。你本来有一个大好良机，可以轻松排除一个敌人啊。”

“……你不知道Saber有多危险。”

肯尼斯一边压抑着无从发泄的怒意，一边以低哑的嗓音出言反驳。

肯尼斯自己也很看重未婚妻的聪明才智与慧眼，可是索菈乌绝不是他的上司，也不是命令者。他打算以一名召主的身分，完全依照自己的判断战斗。如果继续让自己的未婚妻骂得狗血淋头，肯尼斯身为男性的自尊实在接受不了。

“我已经利用召主的透视能力掌握那个Saber的能力。她的能力特别强大，整体能力还在迪卢木多之上，我怎么可以放弃能够当场打倒她的好机会！”

“你这个人……真的了解自己从灵的特性吗？”

虽然肯尼斯说得果决，但索菈乌只是冷冷地嗤之以鼻。

“你以为‘必灭黄蔷薇’是拿来做什么用的？Saber已经受了不可能治愈的伤害，就算放着不管，任何时候都可以打倒她。比起Saber，在那时候身分不明的Berserker危险性才更高。”

“……”

肯尼斯本想立即出言反驳，却说不出话来。不是索菈乌的论调辩倒了他，而是他对索菈乌的威严与愤怒感到些许畏惧。

“再说，如果你认为 Saber 真的那么危险的话——”

索菈乌没有放过肯尼斯沉默不语的机会，继续说下去。

“那你又为什么放着 Saber 的召主不管？艾因兹柏恩家的女人就那样毫无防备地站在那里，趁着 Lancer 牵制住 Saber 的时候，你应该有机会攻击敌方召主不是吗？

可是当时你在做什么……从头到尾都只是躲着看而已。真是丢脸丢到家了。”

索菈乌深深叹口气。肯尼斯因为愤怒与屈辱而全身打颤，只能无言地怒视着她。

不管对方是谁，肯尼斯都不可能忍受这种折辱。以艾梅罗伊爵士的威望发誓，他绝对会加倍偿还对方加诸于他的侮辱。

可是在这个世界上却有一个人例外。她就是索菈乌。

原因当然不只是索菈乌是恩师的女儿，和她的婚姻将会带给自己地位与名声，还有自己对于美好未来的执着。最重要的因素是一种无法用理论解释的情意。

这位如同硕大宝石般高傲又聪颖的贵族千金就是年轻天才魔术师以一名男性的身分深深苦恋的唯一女性。

早在肯尼斯第一眼看到她，两人还没说过一句话之前，他的心就已经成为索菈乌的俘虏了。以权力关系来说，他早已落于未婚妻之下。可是肯尼斯高傲的深层心理还是坚决不愿承认这件事实。

索菈乌似乎也察觉肯尼斯心中的郁闷，她的语气稍见和缓，语带嘲弄地说道："肯尼斯，你应该明白自己和其他召主比起来，拥有什么优势吧？创造出这项优势的人不是别人，就是你自己啊。"

"我当然知道……"

"你变更原本由魔奇里家完成的契约系统，成功加上独创的设计，的确是个了不起的天才。真不愧是人称降灵科实力第一的神童呢。"

虽然肯尼斯在过去听多了别人对他的溢美之词，早就厌烦。但这些话语出自索菈乌嘴里，听上千百遍也绝对不嫌多。

事实上，索菈乌对他的评价并非人云亦云的吹捧。为了参加这次的圣杯战争，肯尼斯所准备的秘密计策足以从根本推翻"初始三大家"过去所设下的战争规定。

那是让从灵与召主之间原本单一的因果线一分为二，分配给不同人负担的变种契约。肯尼斯以他卓绝的才华成功将魔力供给的通路与令咒的通路分割开来，分别连结在不同的召唤者身上。

除了拥有令咒的肯尼斯之外，还有第二名魔术师担任从灵的魔力供给来源……那个人不是别人，就是索菈乌本人。这一对男女是两人一组的召主。

"——可是肯尼斯，你虽然是一流的魔术师，却是个二流的战士。事前辛苦做的准备完全没有活用在战略上。"

"不，我是……"

"肯尼斯，你认为我是为了什么才提供魔力给 Lancer？这一切都是为了让你的战斗更加有利，让你打赢这场圣杯战争。你和其他那些身负从灵枷锁的召主比起来占有绝对的优势，因为你可以将自身的魔力全部用在自己的魔术上。"

“可是……战争才刚刚开始。在第一战的时候应该慎重小心地……”

“是这样吗？既然如此你为何逼迫 Lancer 要拿出成果呢？”

“……”

虽然索菈乌的口气比一开始的质问要温和许多，可她的言外之意还是在责骂肯尼斯是胆小鬼。肯尼斯心中熊熊燃起的妒火哽在喉咙里，脸色越来越苍白。

“你在责备 Lancer 之前，应该好好反省自己。肯尼斯，你今天晚上——”

“索菈乌小姐，请您不要再说下去了。”

一抹凛然低沉的声音制止索菈乌。

开口的人是 Lancer。他不知何时已经抬起头，双眼直射索菈乌。

“再说下去就是对吾主的侮辱。身为骑士，我不能置若罔闻。”

“不，我不是那个意思………对不起，我过分了。”

刚才还展现出女皇般的盛怒气势，滔滔不绝说个不停的千金小姐一听见 Lancer 的纠正立刻羞涩地垂下眼眸，甚至还出言道歉。态度转变之大，任谁来看都会觉得惊讶吧。

特别对肯尼斯来说，眼前这一幕让他心底升起一股深沉的郁闷之意。那个高傲的索菈乌绝对不可能只因为一句建议就改变自己的想法，至少肯尼斯说的话从来没有发挥过这种效果。他不久后将娶索菈乌为妻。可是对她来说，小小从灵的一句话竟然比未来丈夫说的话还有分量吗？

而且追根究底，索菈乌本来就是为了包庇 Lancer 才会驳斥肯尼斯。她该不会是因为不忍心看到Lancer受到斥责吧?

索菈乌微微垂首看着Lancer。肯尼斯觉得她的眼神中有一种身为未婚夫的自己完全陌生的情感。然后只要视线一转，他就忍不住去注意仍若无其事地蹲在自己脚边的Lancer——右眼下方那颗明显的哭痣。那是传说中让迪卢木多虏获所有女性芳心的“魅惑哭痣”……

这种胡思乱想真是愚蠢至极。不论常人如何，索菈乌可是名门索菲亚利家的人——学习魔导的女性。即使她没有继承魔术刻印，但是对于只有蛊惑人心效果的诅咒应该具备相当充足的抵抗力。

当然，这也要本人有抵抗的意志才算数——

就在这时，防盗器突然毫无预警地铃声大作，打断肯尼斯心中的百般念头。

“……什么?发生什么事了?”

索菈乌不知所措地喃喃自语。接着装设在房间的电话铃响起，电话机上的灯号显示是从柜台打来的。

肯尼斯不慌不忙地拿起话筒，倾听饭店职员的联络事项。等到他听完的时候，眼神当中已经再度恢复魔术师特有的敏锐干练。

“听说楼下失火了，饭店的人要我们马上去避难。”

肯尼斯一边随手把话筒扔回去，一边对索菈乌说道。

“虽然只是小火，但是起火点似乎分散在好几个地方。肯定是人为纵火吧。”

“纵火?就正好在今天晚上?”

“这当然不是偶发事故。”

肯尼斯傲然冷笑。在他心中烧灼的忧郁已经一扫而空。

“这是为了驱散人群的计策。敌人毕竟也是魔术师，想必不愿意在人群聚集的建筑物里展开攻击。”

索菈乌神情紧张，抽了一口气。

“那……这是有人袭击？”

“应该是。可能有人觉得刚才在仓库街还闹得不够，自己找上门来了。有趣，我们也觉得刚才那场仗打得不顺心。你说是吗？Lancer。”

“是，的确没错。”

Lancer 毫不犹豫地点头回答。虽然还没和敌人打照面，但是敌人的身分已经让他有所期待。在七位召主当中，说到有谁这么急着要打倒肯尼斯的话，可能的人选就只有一个人——Saber 被“必灭黄蔷薇”所伤，她的召主一定想要尽早解除长枪的诅咒吧。

“Lancer，到下面的楼层去迎战敌人，可不准随意把敌人赶走。”

听见肯尼斯具有弦外之音的指示，Lancer 颔首。

“我明白。要阻断袭击者的退路，把他逼到这层楼是吗？”

“没错。我们就让贵宾在肯尼斯的魔术工房里好好享受吧！”

他们撒下大把钞票包下一整层楼面是因为要把这里当成活动的据点，需要进行彻底地改装。当然所谓的改装不是指物质上，而是进行魔术面的强化。肯尼斯在这第三十二层楼设下二十四重结界，防备之严谨可以用魔术城墙来形容。另外还有三架他专用的魔力炉、数十只召来当作看门犬的恶灵魍魉。他在陷阱方面也是极尽苦心，甚至将走廊下的一部分空间改造为异世界。

就算身处敌地，首先还是要将自己根据地的工房整备完善，这是身为魔术师的基本素养。对于随随便便踏进这块领域的挑战者，一定要让他们彻底明白艾梅罗伊爵士真正的恐怖之处。

“只要其他的旅客全部撤出，就没什么好顾忌了。双方都可以使出独门秘术，好好较量一场。”

难以抑遏的笑意由肯尼斯的喉咙中溢出，一股狂野的兴奋感伴随着喜悦在他的全身奔流。

他现在需要的就是行动，他需要以行动与结果解决索菈乌加诸在他身上的屈辱感。他需要一个事件让他好好发挥天才的特有潜力，以证明自己。

没错，现在的肯尼斯正渴望见血。他心中昏暗的愤怒之气难以控制，唯有利用他人的鲜血才能平息。选在这时候攻来的可怜敌手正是绝佳的活祭品。

“你说我是二流的战士，我马上会让你收回这句话。索菈乌。”

“当然，我很期待你的表现。”

平时难以亲近的未婚妻在这时候对他盈盈一笑，让肯尼斯的斗志更加高昂。

× × × × × × × × ×

旅客们在睡梦中被火灾警报声吵醒，引导至户外停车场。众人纷纷聚集在一起，脸上表情掺杂着对火灾的恐惧、睡意以及对寒冷的不快。旅馆的员工急急忙忙在人群间往来穿梭。

“……亚奇波特先生！亚奇波特先生在这里吗？”

值班的柜台人员拉大嗓门，四处找寻住宿者名单中最后一组还没点到名的客人。全饭店的人一直对这位将最高楼层套房一整层全部包下来的超级VIP非常关心。在某种意义上，他是饭店方面最不希望出问题的最重要人物。

“亚奇波特先生！您在吗？”

“——是，我在这里。请不用担心。”

一道沉稳冷静的声音从背后回答。柜台人员回头一看却感到莫名其妙，对他说话的人是一位穿着陈旧外套，外表毫不起眼的日本男性。

这个玩笑实在太不好笑了。就在柜台人员大感不快，正要出言指责的时候——那名男人的眼睛却让他动弹不得。

有一股神秘的吸引力让他的目光无法从对方身上移开，想开口说话都不行。

“我就是肯尼斯·艾梅罗伊·亚奇波特。我和内人索菈乌都已经避难了。”

陌生东方人的声音冷静而清晰，说话的口气好像在向他解释某件事。柜台人员的思考一片模糊，毫不怀疑地听信了那人所说的话。

“……是这样吗？啊，是没错。原来已经避难了啊。”

柜台人员在手中的名簿上勾选“已避难”，确认所有旅客都平安无事让他放心地松了一口气。对于刚才与那位亚奇波特先生的对话，他心中已经不觉得有什么疑虑或是异常了。

卫宫切嗣看着柜台人员为了应付其他避难旅客匆忙离开后，便远离人群。虽然刚才的暗示只是暂时性的，但是一般人对魔术没什么抵抗力，暗示的效果一时半刻还不会解除。

切嗣站在离旅馆约一条街距离的阴影下，确认没有人注意到自己之后，从口袋中拿出手机。这种电子器材在民间普及之后，让切嗣做起事来比以前更加方便。这种无线终端机既简易，用途又多，不管是谁带在身上都不会有人怀疑。

首先他要和守在监视位置的舞弥联系。

“我已经准备好了，你那边呢？”

“没有任何异常，你随时可以动手。”

舞弥所在的位置是在冬木凯悦饭店的斜对面……一栋还在建设中的高楼上层。那里是切嗣指示的位置，能够在最近的距离监视肯尼斯的房间。

切嗣轻吐一口气，一只手从口袋中摸出香烟纸包，另一只手在手机里输入一串号码。

他打的是一只用人头名义申请的BB Call。但是那只BB Call既不会震动也不会发出铃声。收信讯号经由一条改造过的线路送进连接在C4炸弹上的引爆信管。

虽然爆炸规模不大，爆炸声甚至没有传到无人饭店之外。

但是取代爆炸声在夜空中响起的，却是钢筋水泥彼此倾轧的诡异哀鸣。

避难者发觉事态不寻常，看着头顶上高楼建筑所发生的异变，纷纷发出惊呼声。

“饭店、饭店崩塌了！”

崩塌的速度非常迅速，而且非常彻底。

高达一百五十米的大厦保持直立的状态，仿佛直接被吸进地底似的崩垮了。因为所有外墙都朝向内侧崩倒，所以没有一块碎片飞散出来，反而是崩倒时吹出的空气卷起粉尘，扬起一道有如积雨云般的烟雾，席卷饭店周遭的大街小巷。

爆破拆除——这是一种主要用来拆除大型高楼建筑的高难度

爆破技术。借由单点破坏建筑物强度中最重要的支柱，让建筑物本身的重量向内压垮整栋建体。这种技术可以用最少的炸药，更有效率、更真实地将大楼化为一堆瓦砾。切嗣精通古今东西各种破坏技能，当然也懂得这种堪称是破坏艺术的专门技法。

在冬木市现有的建筑物当中，所有魔术师可能选为根据地的地点都被切嗣列为破坏对象。这栋冬木凯悦饭店也在名单之内，他已经事先取得建筑图面，也选出了炸药的设置点。所有事前工作都早已准备周全，实际上的作业时间还不到一小时。

虽然避难者都站在远离崩塌危险区域的地方，但当众人直接遭到粉尘洗礼时，还是陷入一阵混乱，争先恐后地四散逃跑。切嗣看着群众往来奔逃，等到风压终于停歇的时候，点燃叼在口中的香烟。

“舞弥，你那边情况如何？”

“三十二楼到最后都没有任何动静，目标没有逃到大楼外。”

切嗣带着冷淡的满足感瞥了一眼冬木凯悦饭店归于尘土后的残骸，心想——人称艾梅罗伊爵士的肯尼斯一定成为那堆瓦砾山的一部分了。

肯尼斯所在的第三十二层楼因为爆炸拆除的连锁破坏反应而失去支撑力，最终等于从距离地表一百五十米的高度以自由落体的方式砸落地面。就算用再强的魔术结界强化防备，也无法保护室内的人从这种毁灭之下逃出生天。

一阵孩童的啜泣声把切嗣的注意力从瓦砾堆中拉回来。

一名母亲抱着受到惊吓而哭泣的小孩子，踩着稳定的步伐走过切嗣身边，除了身上被粉尘沾得灰白的睡衣之外一无长物。看起来让人颇感凄凉。

切嗣凝视着两人的背影，久久无法移开视线……等到香烟烫到手指才恍然回神。他把半根都已经化成烟灰，只抽了几口的香烟扔在地上用力踩踏，排除心中的焦躁。

卫宫切嗣绝对不允许自己因为感伤而迷惘，这种弱点攸关生死。可是逃避自己的失败，也不算是冷静的态度。

是的，切嗣不想承认，不过那的确是事实——虽然只有一瞬间，但是刚才他把伊莉雅与爱莉斯菲尔的形象与那对从惨剧中逃出的母子重叠了。

过去切嗣的所作所为是一种“牺牲的区分”，用同等的价值计算所有生命，选择牺牲较少的道路。在他的判定之下，就算是女人小孩的性命也没有特别待遇。

圣杯将会拯救世界，而肯尼斯是为了得到圣杯而不得不排除的障碍。在冬木凯悦饭店的旅客约有百来人。相对地，圣杯能够拯救大约五十亿以上的人。必要的话，就算要让所有旅客跟着肯尼斯一起陪葬，切嗣也在所不惜。

既然如此，为什么自己还要特别事先演出这场小火灾的骚动呢？

当初切嗣认为这是很合理的计策。这场假戏是为了让肯尼斯对敌人的袭击产生戒心，采取笼城对策，防止他发现另有陷阱存在。事实上这个计策也的确发挥了功效，那个天才魔术师似乎对防卫战有绝对的自信，继续留在陷阱之内不肯出来，殊不知整层地板竟然会完全崩塌。

可是自己真正的想法只有这样吗？

会不会是心中的感伤想让无关的旅客避难，无意识间暗暗作祟呢？

如果真是这样的话，这种致命的天真情感在战场上必定会要了自己的性命。

为了要平息心中产生的稍许动摇，切嗣重新点起一根香烟。

真是退步了。不论程度深浅，现在的自己明显不如九年前的卫宫切嗣，这样子想要赢得圣杯战争简直是在做梦。一定要想办法回复以前的冷酷与判断力，早一刻是一刻。

深夜的城市因为异变而苏醒，开始呈现出骚动的征兆。斜眼看着好事的人群一批一批聚集在马路上，切嗣深吸一口气，把紫烟吸进胸膛中转换心情之后，将手机放在耳边想要指示舞弥撤退。

可是传进他耳里的不是部下的声音，而是兵刃发出的冰冷金属声响。

× × × × × × × × ×

这里是一片无名的钢骨楼面。在工程落成之后，这里将会是冬木中央大厦第三十八层楼。

现在工程的进度刚过半，将要开始建造外装。这栋未来将是冬木市地标的复合式商业大楼现在还裸露出钢筋水泥的表面，暴露在吹过夜空的强风之中。

这一片虚空中的黑暗距离地面的灯火与天上的星光一样遥远，久宇舞弥就身处在这片黑暗中，单膝跪地，动也不动。她的肩上刚刚还架着装有夜视装置的 AUG 突击步枪，现在已经放在她跪立的左膝上。

他们原本计划万一魔术师肯尼斯识破切嗣的陷阱，想要从窗外或是屋顶上逃脱的话，舞弥就会从这里开枪射杀他。结果这项防范最终只是杞人忧天。

“舞弥，你那边情况如何？”

在地面上的切嗣经由她放在耳中的耳机出声问道。因为要用双手使用步枪，所以舞弥在手机上插着耳机以空出两手。

“三十二楼到最后都没有任何动静，目标没有逃到大楼外。”

舞弥简短地向嘴边的麦克风报告她所看到的一切。虽然刚刚才目睹一场惊天动地的大破坏，但她的神情感觉不到一丝激昂。

舞弥在这里的监视工作结束了，她把弹匣与枪身从没有派上用场的步枪上卸下放进盒中，然后把枪盒扛在肩上，起身往下楼的楼梯走去。

就在这时候，她发现有异状。

那不是气味或是声响之类的征兆，而是更抽象的气息变化。只有历经过生死锻炼出来的战士直觉才能确实感觉到这种气息。

“你的感觉很敏锐，女人。”

停下脚步的舞弥背后传来一道低沉而冷漠的男性嗓音，声音在四周林立的钢柱中回荡，听不出是从何处传来。

舞弥没有开口询问，只是冷静地如刀锋般集中精神，一边搜索四周，一边自腰际的枪套中拔出九毫米口径的 Glock 手枪。

现场有第三者，而且那个人还是冲着舞弥而来——光就这点理由，她就已经把对方看作是必须射杀的目标了。

“还是个行事果决的女人。”

尚未现身的男人语调中多了一点讥讽。

有一件东西从一根钢柱的阴影中画出一条徐缓的抛物线，落在舞弥的脚下。

舞弥迅速把枪口对准投掷物，当她看出那不是危险物体时，立刻转向瞄准投掷者所在的位置。当然她的眼角余光还是紧紧捉住那样掉落在脚下的东西，因为她实在无法不去注意。

那样东西是一具小动物的尸骸。

那是一只蝙蝠，腹部还绑着一台 CCD 摄影机。那只蝙蝠正是舞弥所放出的使魔，自从派到冬木教会附近待命之后就失去了消息。

对方特意把这只蝙蝠尸体扔给她看，那么那个人的身分当然不言自明了。对方似乎也不打算躲藏，慢慢从藏身的铁柱阴影后走出来，出现在舞弥的视线与枪口之前。

那是一名身形高大的男子，浑身散发出难以形容的压迫感。一身漆黑的僧衣就像是地面上的黑影化为立体，站了起来。舞弥对那个人并不陌生。

“言峰、绮礼……”

“哦？我和你应该是第一次见面。有什么原因让你认识我？那我大概也知道你的来历了。”

舞弥发觉自己不小心喃喃出声，在心中咋舌。

绮礼完全看不出对舞弥的枪口有任何恐惧，泰然自若地继续说道。

“如果是这样的话，你应该还知道一些其他事情吧。你知道这里是监视冬木凯悦饭店第三十二层楼的绝佳位置，也知道是谁住在那栋饭店里。”

舞弥这次不再言语，但是她的心里正在全心全意思忖为什么圣杯战争的其中一位召主……而且还是之前一直藏得很隐秘的言峰绮礼会大摇大摆地出现在这里。

另外一方面，绮礼稍稍转头朝向大楼外，向已经消失得无影无踪，只留下一团粉尘烟雾的冬木凯悦饭店的位置看了一眼，诧异地长叹一口气。

“没想到你们竟然整栋建筑物一起炸掉。如此不择手段的人实在不像是魔术师。或者应该说，他很擅长针对魔术师的弱点下手？”

“……”

舞弥一惊，发觉到这个男人竟然知道卫宫切嗣的事情，正好就如同切嗣知道言峰绮礼一样。

“不要只让我一个人说话，女人。你只要回答一个问题就好了——原本应该代替你来的男人在哪里？”

听到他这么一问，舞弥不再对言峰绮礼做任何揣测。她的结论是根本不用理会对方有什么意图，除了杀死这个男人之外不做他想。

舞弥的速射枪声毫不间断，发出连续三声轰鸣。九毫米口径被称为军用弹，固然具有足够的杀伤力，但还称不上充分，因此对腹部连开三枪是专业人士的常识。与其瞄准小面积的致命要害，倒不如攻击面积大、比较好瞄准的部位让对方重伤。这正是杀人射击技术的铁则。

但是全金属外壳的铅弹打穿的不是僧衣之下的内脏，而是硬脆的水泥地面。

绮礼闪身的动作快得让人难以置信，但并非真的比枪弹的超音速还要快。他的动作只是比舞弥瞄准目标后扣扳机的思考速度还快了一步而已。值得惊叹的是绮礼的战术判断，他是由舞弥的视线看出瞄准点，再从她为了预防枪支后座力而紧绷的四肢来判断开枪时机才得以闪开子弹。虽然这与魔术无关，但也非常人所能为。

不只如此——

身子迅速一闪，躲进掩蔽物之后的人反而是舞弥。她空出来的右手沾满粘稠的血，原本应该握在手中的 Glock 手枪摔落在地上，发出空洞的声响。她惊讶的眼神注视着一道冰冷的剑光插在刚才位于她背后的钢柱上。

剑刃长度超过一米的薄刃虽然让人联想到西洋剑。但是用刀剑的标准来看，剑柄实在太短。这是一种圣堂教会的代行者使用的特殊投掷武器，称为“黑键”。刚才浅浅割伤舞弥的右手背，让她放开 Glock 手枪的就是这把剑。绮礼在闪开枪口弹道的同时，顺势射出这把剑。

虽然是手掷武器，威力却足以刺进钢柱。但是绮礼这一招不是要致舞弥于死地，只是为了把 Glock 手枪从她手中夺走而已。绮礼的意图不只是抢下武器，还想要剥夺舞弥的战意吧。他想要捉活口——舞弥还没回答刚才他的问题。

“动作也十分利落，看来你受过相当程度的训练。”

绮礼逆转攻守局势，完全取得上风。他不疾不徐地缓步走来，两手又各自抽出一支黑键。修长的剑刃是使用魔术所构成的半实体，携带时只要贴身收藏短小的剑柄部分即可。舞弥无法看出在绮礼那件长长的僧衣之下还藏有几支黑键。

在圣堂教会里，黑键虽然是代行者其中一款基本配备，但是使用起来很困难，听说只有一部分高手能够应用在实战当中。看来舞弥遇见的就是这种少见人物当中的一位。

舞弥不是武者，而是士兵。她对于自己学到的战斗技术没有任何骄傲与喜好，只会考量其效果优劣而已。而她的思考毫不犹豫地承认“战败”，言峰绮礼的战斗能力远远超过自己。她没有装备、没有战略，也不占有任何地利之便。在这种情况下不能和他对抗。

“怎么了，舞弥？发生什么事了？”

耳中的对讲机传来切嗣询问的声音，口袋中的手机和人在地面上的切嗣还是接通的。可是舞弥不能回答，她的声音会被绮礼听见。这位恐怖的代行者真正要找的目标不是舞弥，而是切嗣。就如同绮礼所料，她就是切嗣的部下，听从切嗣的指示行动。她绝对不能在此时此地让绮礼掌握到实证。

“怎么？你不寻求支援吗？卫宫切嗣应该就在附近吧？”

绮礼已经直言不讳地说出那个名字。他同样也确信如果艾因兹柏恩招揽的切嗣也和这次圣杯战争有关的话，绝对会在今天晚上行动。

经由迪卢木多的传说，黄色长枪的诅咒效果已经揭晓了。现在其余六名从灵全部健在的状况下，Saber 在第一战就被封住一只手，很可能头一个被淘汰出局，处境相当艰难。尽快把诅咒的根源 Lancer 除掉，绝对是艾因兹柏恩阵营的当务之急。

所以绮礼在肯尼斯的据点旁撒网，等待袭击者找上门来。本以为出现的人一定是卫宫切嗣，结果却是另一个人，但是绮礼确信她一定是听从切嗣的指示行动。现在追捕的这个女人就是让他找到切嗣的关键人物。

不可以杀她，要活捉。不过只要她还能开口说话就够了，不需要把手脚留下来。

绮礼在心中做出冷酷的判断，朝着藏身在钢柱之后的女人步步逼近。对手应该已经没有武器了，已经拆解的自动步枪不可能立刻重新组装，也没有时间让她跑去捡拾被打落的手枪。胜负已定。

可是这时候发生了一件完全意想不到的事情，阻碍了绮礼的行动。

一道白色的帐幕突然冲进他与眼前的猎物之间，完全遮盖住他的视线。化学反应的刺激臭味直冲鼻腔。

“烟幕！？”

军用携带式烟雾筒的烟雾迅速蔓延开来，笼罩四周。趁着绮礼因为视线被遮蔽而止步的这段空当，迅捷如脱兔的脚步声在水泥地上回荡远去。

绮礼本来想要凭着脚步声朝逃跑的女人射出黑键，但最后关头还是打消这个念头。身为代行者身经百战的直觉告诉他不可以轻举妄动。

绮礼双手提着黑键，小心翼翼地探索四周的气息，等待烟雾散去。因为这栋大楼的内部裸露，会有强风吹过，浓密的烟雾不消几秒钟就被吹散。但是这段时间已经足够让那个女人跑得无影无踪了。

知道这个无人的楼层里只剩自己独自一人，绮礼冷哼一声，收起黑键。他不打算继续追下去，敌人是个不容小觑的人物。

掉落在地上的烟雾筒就像是对方留下的小礼物。绮礼把它捡起来，仔细检视。那是美军配备的投掷式烟雾筒，不是什么特殊的东西，只要有适当的渠道谁都可以取得。

烟雾筒不是那女人扔出来的。如果察觉她有这种意图，绮礼早就射出黑键阻止她了。这是另外有人丢到绮礼面前的，为了掩护那个女人逃走……

当然，这栋楼层没有第三个人。换句话说，只能判断这个烟雾筒是从大楼外面扔进来的。

绮礼走到楼层边缘，不顾强风吹得僧衣翻飞，极目下望。

冬木凯悦饭店已经消失，现在周围已经没有类似高度的大楼建筑了。如果是从地面上对准这层楼扔上来的话——高度差有一百五十多米。就算使用榴弹发射器，想要射得如此精确也非常困难。假如是使用手掷式烟雾筒的话，这种笑话还真让人笑不出来。

但是绮礼是猎杀异端的代行者，曾经收拾掉众多魔术师。他早就已经习惯和不合常理的敌人交手，这种程度的怪事不值得大惊小怪。

眼下街灯闪闪烁烁，灯光之间笼罩着一大片黑暗。阻碍他的魔术师就在这片黑暗之下的某处。

只要确认这件事，今天晚上就算不枉此行了。

此时，绮礼感觉有一股异样的冰冷气息悄悄靠近身边。

“是 Assassin 吗？”

“是，打扰您了。”

裹着漆黑长袍的身影以跪伏在绮礼脚边的姿态现出形体，他的确就是暗杀者的从灵——这是不久之前在遥远的国道旁森林中目睹 Saber 与 Caster 会面的三位 Assassin 之中，接下传令任务的那个人。

“我应该已经说过，不可以任意在市街中现形。”

“非常抱歉。但是有一件事必须尽速向您报告，所以……”

−144：09：25

一连串激战的夜晚终于结束，东方的天空开始露出鱼肚白的时候，绮礼使用魔导通讯机呼叫位在深山町的远坂宅。这是因为父亲璃正也要列席，召开一场紧急对策会议。

“是吗？终于也掌握 Caster 的行踪了。”

时臣的声音从黄铜喇叭中传出，听起来似乎很满意。绮礼与 Assassin 的工作发挥出预期的效果。他虽然被自己的从灵弄得一个头两个大，但是徒弟那边的状况非常顺利。

“对方不愧是魔术师的英灵，就算是我的 Assassin，想要靠近‘工房’附近又不被发现也很困难。但还是成功确认大致的位置，现在已经包围那一带进行监视。Caster 在工房外的动向完全都在掌握之下。”

“也就是说 Caster 没有躲在工房里，经常在外面活动？”

“是的，关于这件事……”

绮礼可以预料时臣听过他的报告之后会有多愤怒。想到这一点，他说话就有些迟疑。Caster 与其召主的行为已经造成严重的事态。

“……那两人从深山町到邻市，一家一家到处诱拐睡梦中的儿童。到天亮为止已经抓了十五人。他们的行动大致上都很顺利——可是其中三家有家人醒来引起骚动，最后导致全家灭门。”

光从通讯机另一头的气息就能清楚感受到时臣的震惊。在对方开口之前，绮礼继续说下去：

“Caster 使用魔术毫无顾忌，事后也完全不掩饰痕迹。圣堂教会的工作人员现在正依照父亲的指示进行掩蔽工作……但是我不认为 Caster 和他的召主之后会改正他们的行为。”

“……他们到底在想什么？Caster 的召主是什么人？”

“根据 Assassin 偷听到那两人的对话判断——召主似乎在召唤 Caster 之前就已经从事过数次类似的暴行。虽然还没有确实的证据，不过我想那个男人可能和现在极为嚣张的连环杀人犯是同一人。”

时臣发出苦涩的呻吟，沉默不语。

从这个月开始让新闻报道议论纷纷的神秘连续杀人犯“冬木市恶魔”是一名穷凶极恶的狠毒罪犯，犯案手法之残虐近年少见。光是在市内就已经犯下四起命案，而且最后一件凶案是潜进就寝中的人家，满门残杀。冬木市的警察已经设立专案组，联合邻近的辖区全部出动，务求早日破案。但是现在别说找不到嫌疑人，就连犯人像都还无法画出来。

在圣杯战争进行的同时偏偏有人惹出这么大的麻烦，对时臣来说完全是一件恼人的事情。不过对其他召主而言，他们应该也有同样的想法。圣杯战争必须在不为人知的状况下进行，这是绝对不变的原则。不会有人希望此时发生任何事端，让世人的目光注意到这块土地。

再说所谓的魔术师就是肩负神秘奇迹的人，无论是谁都要尽全力隐藏自己的所作所为，不让魔术的存在被世人知道，无法彻底守密的愚蠢之徒立刻就会被魔术协会排除。只要事关湮灭迹证，魔术协会的态度总是十分坚决而且彻底执行，没有一位魔术师不畏惧魔术协会的追究。

因此——就算只是一位微不足道的低等魔术师也不会做出连续几天登报纸头条的暴行，更别说是一位身边跟随着从灵的召主。以这两种意义来说，这都是不可能发生的事。

“……关于那两个人，有没有什么线索可以知道他们身分？”

“有听到他们双方的称呼，召主的名字叫做‘龙之介’，Caster 好像被称呼为‘蓝胡子’。”

“蓝胡子？那 Caster 的真名就是吉尔斯·德·莱斯伯爵吗？”

“我认为很有可能。毕竟他是因为沉沦于炼金术与黑魔术而出名的人物。”

蓝胡子的传说非常有名，以他的威名来说被圣杯召为从灵也没有什么好奇怪。只是他的性质与英灵完全相反——称为“怨灵”还差不多。

“从他们两人的对话中听来，这个叫做龙之介的召主不但没有圣杯战争的知识，似乎就连身为魔术师的自觉都没有。”

“十之八九是没有魔术素养的局外人在偶然的机会下正好和从灵缔结了契约……那位召主已经完全变成从灵手中的傀儡了吧。”

“不，这个……”

饶是绮礼见多识广，回想起借着 Assassin 的耳朵所听见的对话内容也不得不支吾其词起来。

“……Caster 自己的言行举止似乎也很不正常。一直说些什么圣杯已经在我手中。贞德救赎之类莫名其妙的话。这是我个人的想法——Caster 和他的召主可能已经完全不把圣杯战争当一回事了。”

听见这句话，时臣重重地叹了一口气，好像要吐尽心中的怒气。

“精神错乱而失控的从灵还有无法约束从灵的召主。真不懂这种人到底为什么会被圣杯选上……”

从灵会攻击人——这件事本身绝不算什么奇怪的事情。从灵是以魔力为粮食的灵质存在，不只是召主供给的魔力，杀人之后吞噬牺牲者的灵魂也可以让他们得到力量。无法供给从灵充足魔力的弱小魔术师有时候也会奉献活祭品来补充不足的魔力。

时臣早已料到这次圣杯战争中可能也会出现这种人。没关系，魔术师本来就是超脱常理的人类，不以伦常观念评断是非对错。就算有无辜的平民牺牲，只要能够谨慎小心地湮灭痕迹，暗自进行的话他也可以默认。

可是像这样肆无忌惮地展开疯狂杀戮，引起不必要的骚动就绝对不可原谅。

“我们不能放任他们不管，时臣。”

璃正神父的表情非常难看，插口说道。

“Caster 两人的行动显然会对这次圣杯战争的进行造成阻碍，他们已经严重违反规则。”

“这是当然。且不论圣杯战争如何，我肩负隐藏魔术的责任，同样不能放过他们。”

远坂家族代代都是冬木之地的第二管理者——意思是说魔术协会将这块土地的灵脉管理以及监视异象的权利责任直接委托给他们。远坂家之所以能够跻身为“初始三大家”，其中一个很重要的原因就是他们将自己管辖的土地提供出来当成圣杯战争的舞台。

因此站在时臣的立场，他必须要阻止 Caster 等人无法无天的行为。不是因为他是争夺圣杯的召主，更重要的是因为他是此地的管理者。

“第四次杀人事件之后接连发生的儿童失踪事件恐怕也是这两个人干的好事。”

绮礼语气平淡地陈述。

“光是已经报道出来的失踪儿童就有十七人，如果加上今天早上的‘再次调货’，一下子就超过三十人了，我想今后他们的行为还会越来越激烈。父亲，必须尽早想办法。”

“嗯，这个问题已经不光是靠警告或是惩罚就能解决了。除了将 Caster 以及他的召主消灭之外别无他法。”

“问题就出在这里。只有依靠从灵的力量才能对抗从灵。话虽如此，我的 Assassin 不能派出去执行任务。”

绮礼说的对。他们特地想了一个计策隐藏 Assassin 的存在，这时候当然不能派他到外面抛头露面。

璃正神父默不作声地沉吟一阵之后，对时臣提出他的建议。

“在我这个监督者的职权范围内允许某种程度的规则变更。先暂时停止正常的圣杯争夺战，动员所有召主一同讨伐 Caster 吧。”

“您有什么妙计吗？神父。”

“我会准备对往后战局有利的奖赏给收拾掉 Caster 的人，其他召主也不希望因为 Caster 一个人失控，最后导致圣杯战争破局吧，他们一定会接受。”

“原来如此。也就是说改变游戏的方针，比赛猎狐是吗？”

虽然有些人在昨天晚上的混战中负伤，但是实际上现在还没有任何一位从灵被淘汰。如果被所有从灵一起当作狙杀对象，Cater 的命运必定如同风中残烛一般，朝不保夕。

“但是如果对方因为消灭 Caster 的报酬获得太大的好处……事后可能反而会对我们造成不利。”

听见从通讯机传来的时臣之言，璃正神父露出意义深长的微笑。

“我当然不希望看到这种事情发生。让其他猎犬追杀 Caster，等他的战力消耗殆尽之后，最后下手取他性命的仍然必须还是 Archer 才行。”

“原来如此，的确是这样。”

只要有绮礼的 Assassin 作眼线，要找出适当时机下手轻而易举。就算战争的规则变动，远坂阵营的战术还是不变。

“那么我现在就去准备召集其他召主。”

方针已定，璃正神父离席走出地下室。就在绮礼也要起身退出的时候，时臣出声叫住他。

“对了，绮礼。我听说昨天晚上你离开冬木教会有行动？”

绮礼早就知道时臣一定会追究。时臣的徒弟对外已经是圣杯战争的落败者，受到教会的庇护，当然不能随意在外面走动。

“对不起，我知道这样很危险，但是因为我被烦人的间谍给缠上，为了处理才不得已……”

“间谍？有间谍来侦察身在教会的你吗？”

时臣的语调变得更加严肃了。

“请您不用担心。我已经封了那个小贼的嘴，万无一失。”

绮礼顺口说出这句话之后，发现他第一次对老师说谎竟然不觉得有任何罪恶感，连他自己都感到很惊讶。

“为什么不使用从灵？”

“只是一件琐碎小事，不需要动用从灵的力量。”

两人之间好一阵子不说话，沉重的静默透露出时臣的不悦。

“确实。我能理解像你这样高超的代行者会依赖自己的武艺。但是在现在这种局面之下，你不觉得这么做是否有些太过轻率了？”

“是，今后我会多加小心注意。”

又是另一个谎言。

从今以后自己还是会经常悄悄前往战场，追寻卫宫切嗣的身影，直到找到他的那一刻为止。

通讯机自此不再传来任何声音，绮礼告辞之后离开地下室。

当绮礼打开一楼分配给自己的房间房门时，顿时身陷一种不自然的感觉，好像误闯进别人房间一样。

不是说气味或是温度有什么不一样，而是某种只能以气氛两个字形容的环境感明显改变了。原本十分朴素的绮礼房间充满华贵高雅的气氛，仿佛变成宫廷楼阁中的一室。

房内的摆设或照明当然还是完全没有改变，单纯只是因为有一名男子悠然地靠在长椅上而已。

那个无端占据房间的人物让绮礼大感意外，他惊讶地皱起眉头。

“Archer？”

如熊熊烈火的金发以及如红宝石般鲜红的双眸。那个人不是别人，正是远坂时臣的从灵——英雄王吉尔伽美什。而且他的打扮不是原本英灵形态的金黄色盔甲，而是身穿皮草滚边的珐琅亮皮外套，再配上一件皮裤的现代风格装扮。

自从召唤出来之后，这位英灵一直仗着单独行动的技能任意四处游览。最近在灵体的状态下活动已经无法满足他，不仅现出实体，甚至还换上“休闲装”，晚上大摇大摆地在街上漫步。绮礼曾经听过时臣带着一丝发牢骚的语气说起这件事，但是他没想到，吉尔伽美什竟然会跑到自己的房间来。

Archer 对擅闯他人房间的行为一点都不以为意，还把擅自从橱柜中取出的红酒倒进玻璃杯中，优雅地品尝着。

“虽然数量不多，但是这里的珍品比时臣的酒窖还要齐全。真是个糟糕的徒弟啊。”

“……”

绮礼无法判断对方来访意欲为何，只见桌上林林总总地摆满酒瓶，看来他把房内所有的酒全部拿了出来，似乎正在品酒。

旁人看来或许会觉得很意外。绮礼有个怪僻，只要听说哪里有顶级美酒，就会不管三七二十一先买下来。

酒类是一种越是讲究质量就越觉得无穷无尽的深奥世界。既然如此，说不定会有某种味觉能够填补绮礼心中的空洞。如果真的有这种邂逅的话，沉溺在酒精之中也不错——这位已经走投无路的修道者曾经半认真地这么想过。

可直到目前为止，绮礼对酒类的涉猎从来没有得到任何回报，只是让一些豪华品牌的酒瓶越积越多而已。他当然没想过要拿这些酒招待客人，更别说是一个不请自来的醉汉。就算对方称赞自己的酒好，他也不想要款待这种人。

“你到底有什么事？”

绮礼耐着性子问道。Archer 举起酒杯，用一种耐人寻味的眼神回视他。

“因为除了本王之外，好像还有其他人也觉得无所事事。”

“无所事事？”

虽然口中这么回问，但是绮礼心中立刻就察觉 Archer 的言外之意——虽然不清楚他从何得知，不过这个英灵知道绮礼昨晚做出过违反时臣意思的举动。

“叫绮礼的，如何？一直侍奉那个远坂时臣也无法让你的心灵获得满足，对不对？”

“……现在你开始对契约感到不满吗？吉尔伽美什。”

绮礼没有回答 Archer 的疑问，只是很不高兴地回问。就算对方是传说中的英雄王，绮礼也不觉得畏惧。不管时臣个人怎么想，从灵毕竟还是召主的仆人。无论这位英灵是什么了不起的人物，只要他还是弓兵从灵，就只能屈居于时臣之下。和身为时臣直系弟子的自己相比，顶多也只是立场辈分相同，没有理由对他过度谦卑。

绮礼的态度并没有触怒 Archer，他只是冷哼一声，品尝玻璃杯中的美酒。

“召唤本王的乃是时臣，此身能够维系在现界也是因为有时臣的供养。更重要的是他对本王行臣下之礼，要本王回报他的敬意也并非不可。”

说完这番规矩地让人出乎意料的话之后，吉尔伽美什异于常人的火红眼眸露出忧郁的神色。

“可是老实说，没想到他竟然是如此无聊的人，一点趣味都没有。”

“……没想到一个从灵竟然说出这种话，真让人意外。”

绮礼实在太过讶异，心中对 Archer 无礼厚颜态度的怒气，以及不知他来访真正用意的猜疑心都已经渐渐消退。在这种奇妙的轻松气氛之下，绮礼几乎已经容许 Archer 在这个房间里占有一席之地。

“时臣导师的领导真的有那么无聊吗？”

“无聊至极。说什么想要利用万能许愿机的力量到达‘根源之涡’？世界上竟然有这么无趣的愿望。”

英雄王一声失笑，将所有魔术师渴望不已的崇高境界贬得一文不值。但是绮礼多少能够了解他的感觉。

“对于‘根源’的渴望是魔术师特有的愿望，局外人没有资格插嘴。”

“话虽如此，不过你好像也是个局外人啊，绮礼。而且我听说你的立场原本和那些魔术师对立，不是吗？”

Archer 似乎也已经对绮礼复杂的立场有所听闻了。这名男子看似唯我独尊，消息倒是非常灵通。

绮礼双臂环抱，思考了一会儿。如果不是以远坂时臣徒弟的身分，而是站在圣堂教会第八秘迹会代行者的立场上来看，时臣的圣杯战争究竟有什么意义。

“……追求‘根源’的路程也就是超脱于世界的‘外侧’。这种超脱不会对‘内侧’这个世界带来任何改变。对于目光只放在‘内侧’的教会来说，魔术师的探索一点意义也没有，只认为他们的意图很无聊而已。”

“原来如此。本王只要享受这个属于本王庭园的大宇宙确实就已经心满意足了。”

Archer 这句话把整个世界都当成他自己的所有物，的确是英雄王特有的狂傲。

“本王对不是自己支配的领域没有兴趣，也不在乎什么‘根源’。”

绮礼露出苦笑，没想到这个 Archer 竟然和魔术师完全相反，也难怪他不喜欢远坂时臣这种模范魔术师。

“如果圣杯单纯只是为了追求‘根源’而存在的特殊装置，就算那些魔术师杀红了眼，圣堂教会也不会插手。可是很不幸，圣杯是万能的，拥有能够改变世界‘内侧’的无限可能性，可以说是一种终极异端，对我们的信仰造成威胁。所以圣堂教会才会选上远坂时臣。正因为那种危险的异端不能置之不理，如果能够把那股力量耗费在一件‘既无聊又没意义’的用途上，这也是我们乐见的结果——只是我的父亲除了这个原因之外，好像还别有一些私情。”

“那么时臣以外的魔术师追求圣杯的动机都与时臣不同吗？”

绮礼点头回应 Archer 的问题。

“时臣导师不但是典型的魔术师，也是一个极右派。像他那样彻底贯彻魔术师正途的人在现在已经不多了。其他人追求的大概都是尘世的名利吧。威信、欲望、权力……全部都是一些局限于世界‘内侧’的愿望。”

“那不是很好吗？每一项都是本王的最爱。”

“你就是君临于俗世之巅的君王啊，吉尔伽美什。”

Archer 露出冷笑，将手中玻璃杯的酒喝干。看来他并没有把绮礼的批评当成一种侮辱。

“绮礼，那你又是如何呢？你对圣杯有什么愿望？”

听到 Archer 这么问道，绮礼第一次觉得不知道该如何回答才好。

“我——”

对，这是最大的问题。为什么圣痕会出现在言峰绮礼的右手上?

“我……没有什么特别想要实现的愿望……”

绮礼的回答带着一点迷惘。Archer 闻言，红色眼眸中闪动着诡异的光芒。

“这是不可能的。圣杯不是只会召集有资格得到它的人吗?”

“应该是这样没错。但是……我也不明白。我没有想要成就的理想，也没有应该达成的宿愿，为什么还会被选上参加这场战争。”

“这种问题有这么困难吗?”

Archer 轻笑一声，仿佛在嘲弄绷着脸孔的绮礼。

“既没有理想，也没有宿愿。那么只要追求愉悦不就好了吗?”

“这怎么行!”

绮礼的语气下意识变得急躁起来。

“你的意思是竟然要服侍上帝的我去追求愉悦——沾染那种罪恶深重的堕落行为吗?”

“罪恶深重?堕落?”

看见绮礼脸色大变，Archer 越发觉得有趣，露出狡狯的笑容。

“真是太夸张了，绮礼。为什么你会把愉悦与罪恶画上等号?”

“这……”

绮礼不知道该如何回答。他甚至不知道现在自己到底被戳到什么痛处才如此狼狈，越来越显得不知所措。

Archer看着绮礼陷入沉默，好像在捉弄他一样，志得意满地继续说道："因为为非作歹而得到的愉悦可能确实是一种罪恶，但是行善也会让人感到喜悦，凭什么道理断言愉悦本身就是一种邪恶?"

绮礼不知道为什么这种程度的问答竟然让他词穷。他陷入一种难以言喻的不安当中，仿佛在自己心中发现一块完全未知的空白领域一般。

"我心中同样也不存在愉悦。我虽然追求快乐，但是找不到。"

虽然勉强挤出这么一句回答，但是语调中却缺少他平时的自信。这句话听起来就像是在为自己找借口一样，毫无意义。

Archer那双鲜红的眼睛凝视绮礼，仔细打量他之后粲然一笑。那张笑脸有如一朵滴出毒液的鲜艳食虫植物，充满着不祥的气氛，让人毛骨悚然。

"言峰绮礼——本王突然对你感到很有兴趣。"

"你这句话是什么意思?"

"就是字面上的意思。算了，你不用在意。"

Archer在酒杯中再次倒满了酒之后，又把身子靠在沙发上，继续说道："所谓的愉悦，换句话说也就是灵魂精神的形式。要谈愉悦的话不是论'有'或'没有'，而是'知道'或'不知道'。绮礼，你还不了解自己的精神世界。你说你心中没有愉悦，其实就是这么一回事。"

"你这个从灵——竟然想要对我说教吗?"

"别自以为是了，杂种。这可是尝尽人世间所有奢华与快乐的王者所说的话，闭起嘴巴仔细听吧。"

绮礼直到现在才发现——虽然口头上颇有微词，其实自己已经有心想要听听 Archer 说的理论了。

时臣的从灵虽然说起话来口气狂妄自傲又目空一切，但是不知怎么，绮礼不觉得讨厌。

“绮礼，总之首先你应该学习何谓娱乐。”

“你说……娱乐？”

“没错。不要光注意内在，第一件事是把眼光朝向外界……对了，一开始就先让你参与本王的娱乐好了，如何？”

“我现在没有时间可以浪费在游艺活动上。”

我和你可不一样。绮礼在心中又加了一句。

“别这么说，这件事在时臣交代你的工作闲暇之余也能办到。绮礼，说起来你的职责不是派出间谍追踪其他五位召主吗？”

“是这样没错。”

“那么不光只是调查那些人的意图或是战略，连他们的动机也一并查出来，然后说给本王听听。这件事很简单吧？”

如果只是这种程度的事情，确实和绮礼现在的任务相差不多。只要一整天窃听监视对象与周遭人物之间的对话，自然而然就能够推测出所有人想要追求圣杯的缘由。只要事先交代那些监视各个召主的 Assassin 也记下这类话题就可以了。

“——可是 Archer，你知道这些事又怎么样？”

“刚才不是说过了吗？本王喜爱人类的恩怨情仇。现在这里有五个人想要扭转天理，甚至不惜依赖奇迹，就是为了实现他们执着不已的愿望。在他们之中一定会有一两个有趣的人物。至少和时臣比起来会好上一些吧。”

绮礼非常冷静地思考。除了卫宫切嗣以外，其他召主他全都不当一回事，而且也没有道理要答应 Archer 的要求。但是这个从灵光是时臣一个人还无法完全掌控，如果绮礼也能以某种形式对他产生影响力的话，将来或许会对时臣阵营带来有利的结果。

“……好吧，Archer。我接受，但这需要一点时间。”

“没关系，本王可以慢慢等。”

Archer 再次将玻璃杯中的酒一饮而尽，从沙发上站起来。绮礼感觉这个男子只要做出一点动作就能震动空气，好像整个房间的照明都在摇动。或许这位已经得到了全天下独一无二黄金律的英灵，身上总是散发出肉眼无法看到的闪耀光辉吧。

“今后本王还是会来光顾你的好酒。这里的酒虽然称不上是什么琼浆玉露，但都是一些佳酿，就这样放在一个僧侣的酒柜里发酸着实可惜。”

反正就算拒绝，Archer 也听不进去吧。绮礼只是摆着一张扑克脸，不置可否。但是 Archer 似乎把他的态度当成一种允诺，带着满意的笑容走出房间。

刹那间，室内的光华尽褪，绮礼的房间气氛又恢复原本的单调无味。

终于能够独自一个人静静，绮礼重新回想起刚才与那位奇妙客人之间的奇妙对话。

事实上这是他第一次直接与 Archer 对话，没想到自己竟然会这么喋喋不休地说个不停。

仔细一想，参加这场圣杯战争的人不论是召主或是从灵，应该都是一些拼了命想要达成自己长久夙愿的人，但是那位我行我素的英雄王却不是为了追求圣杯，只是因为不喜欢看到有人背着他争夺宝物所有权而掀起风波，所以才会参加战斗。现在集合在冬木市的七位从灵之中，大概没有第二个参战理由比那位英灵更加淡薄的人。就这方面来看，绮礼和他倒是有相似之处——不晓得自己为什么参加圣杯战争的召主，除了绮礼之外可能一样也找不到其他人了。

不，绮礼参战的理由必定存在，不然无法解释为什么他是继远坂时臣之后排名第二个获得令咒的人。或许在绮礼自己都没发觉的内心深处当中，他也渴望获得圣杯的奇迹。

但是他要的绝对不是 Archer 口中所说的“愉悦”。到目前为止，绮礼全部的人生都耗费在追求真理上，这一点是他绝对不会改变的坚持。

真正知道答案的人不是 Archer，应该另有他人。

卫宫切嗣。那名男子比任何人都要接近绮礼所追寻的答案。绮礼心中不禁浮出一个念头，就像刚才和 Archer 交谈那样，如果他也能和那个男人有一场问答的话——

当然，双方的立场截然不同。这两人之间的关系不会是对谈，而是枪弹刀剑吧。可是这样也无所谓，绮礼只是想要了解切嗣这个人而已。那么赌上性命的生死互搏或许比任何话语更能清楚呈现出那个男子的心灵世界吧。

绮礼心中怀抱着空虚的愿望，开始动手收拾 Archer 喝了一桌的酒瓶。

-140：41：54

在冬木凯悦饭店的崩塌现场，救难队伍的救灾作业彻夜进行。

事后发现饭店方面在引导旅客避难的时候有疏失。当初大楼崩塌时大家都以为饭店已经空无一人，后来才知道事实上还有两位旅客留在里面。

那一对据说将最高楼层的客房连同整层楼一起包下来的男女几乎已经没有存活希望了，但是无论如何至少要找到遗体才行。在照明车上卤素工作灯的照耀下，救难队使用重型机具紧锣密鼓地进行撤除瓦砾的工作。

就在旭日即将东升，所有队员的脸上开始露出浓浓疲劳神色之时，有一件怪事发生了。

“找到奇怪的东西？”

接到通知而赶来的现场主任所看到的东西是一个直径将近三米多的银色球体。根据报告，这个看起来怎么样都不像是大楼建材的物体突然凭空出现在瓦砾堆中。

“……内部的摆设吗？会不会是放在观景餐厅的装潢之类。”

“如果是这样的话，上面一道刮伤都没有不是很奇怪吗？”

如此说来，这个球体的表面上确实完全没有破损。表面的光泽甚至就像是镜子一样明亮。

让人误以为这东西是刚刚才在这里抛光打亮一般。

“看起来——好像有点像水银滴。”

现场主任一边说着心中蓦然浮出的感想，一边走近球体，伸手触摸表面。

戴着手套的手掌陷进了银色球体之中。

“？”

虽然吓了一跳，不过仔细一看，他的手还是碰触在球体坚硬冰冷的表面上，没有任何异状。

“主任？”

“……”

周围几位队员好像没有一个人察觉这件事，只是用狐疑的眼神看着现场主任一脸失了魂的表情，呆呆地站着不动。

“请问有什么异状吗？”

“……必须要把这东西搬出去才行。”

“啊？”

“把它搬上卡车，动作快。”

现场主任的态度莫名冷静，语气强硬地对队员发号施令。

虽然所有人都感到讶异，不过不论这个球体究竟是什么东西，确实是一件必须尽快移除的障碍物。怪手马上动工，挖起银色球体，搬到卡车的货台上。

“奇怪，主任呢？”

等到其中一位队员发觉的时候，刚才还在监督现场作业的主任已经不见人影了。就在不知所措的队员背后，大卡车的引擎突然发动，排气管的噪音轰隆响起。

当众人发现眼神空洞的现场主任坐在卡车的驾驶座上慢慢转

动方向盘，驾驶卡车扬长而去的时候，一切都已经为时已晚。卡车的货台上载着那个银色球体，就这样消失在黎明的街道彼端。

五个小时后，在市郊外巡逻的警车发现了那辆通缉中的卡车，以及在车里不省人事的现场主任。可是那时候卡车的货台上已经空无一物了。

× ××× ××× ××

“……”

“……”

“请问……这里是麦肯吉先生的府上吗？”

“嗯，这里的主人确实是叫麦肯吉没错。”

“那个……请问这里有一位叫做征服王伊斯坎达尔……大人……的人吗？”

“就是朕。”

“……哦哦，是这样啊。哈哈……啊，麻烦请在这里签名收件。”

“要署名吗？好——朕已经确实收到了。”

“感谢您的惠顾。打……打扰了。”

“嗯，辛苦了。”

在已经住习惯，就好像自己家一样熟悉的麦肯吉家的二楼寝室里，韦伯从睡梦中醒过来。

外面的日头早已经高高挂在天上。这个慵懒的早晨并没有什么特别，只不过是在一个稀松平常的假日睡过头而已。这样想的话，仿佛轻易就能说服自己还是和平日一样躺在床上。

现在，他甚至还可以把所有的一切都当成一场春秋大梦。那场凄绝的血战，还有诸多大破坏……但是令咒依然还留在右手的手背上。那些事情不是梦，韦伯是带领 Rider 的召主，昨晚那场五大从灵的激战是不折不扣的现实。

昨天晚上少年第一次踏上战场，闯过生与死交错的境界。

他感到恐惧、也觉得浑身打颤。他从未体验过这种强烈的感觉。

可是现在尚留存在他心中的感觉——不是惊恐或是类似的负面情绪。反而有一丝丝骄傲以及兴奋，把那种在心里微微翻腾的感觉直呼为喜悦似乎让人觉得有些不好意思。

韦伯昨晚并没有做出什么惊人的大事，所有行动都是伊斯坎达尔一个人独断独行，身为召主的韦伯只不过是在旁紧紧抓住他而已。不但毫无建树，中途还昏了过去，没有目睹整个事件到最后的发展。

但是对韦伯来说，那场战斗具有深远的意义。恐怕唯有他自己才能够理解他得到了什么以及其价值所在。

Rider 面对眼前诸多的敌人，一古脑儿地说了很多话。在那场战斗中聚集的魔术师或是从灵可能之后都不会再想起他说了什么，说不定他们打一开始根本就没听进去。但是唯独有一句话韦伯到现在都还放在心上。

“——连露出真面目都不敢的胆小鬼岂够资格当朕的召主——”

这是 Rider 对 Lancer 的召主所说出的污蔑之词。豪迈的嗓音一声大笑，就把那个让人又恨又惧的艾梅罗伊爵士贬为懦夫。

Rider所赞颂的蛮勇只不过是一种蠢笨的行为。如果战斗的主导权掌握在韦伯手中的话，他就会采取让从灵正面迎战敌人，自己躲起来观察战况的方法，也就是和肯尼斯完全一样的方式，那才是正确的战略。

但是——

“——能够成为朕之召主的人必须是与朕并肩驰骋于战场上的勇敢男子汉——”

韦伯绝不是自愿陪Rider上战场的。说实在，他是不得已。他只是不想孤零零地被扔在大桥的钢架上，才会逃难似的坐上Rider的战车。绝对不是想要彰显自己的勇气。

可是现在这些理由都不重要了。

直到现在，他还可以清楚回想起那时候Rider搂着自己肩膀的手掌既宽厚又强而有力，鲜明的感觉足以让他把那些道理全部抛到九霄云外去。

那时候Rider确实指着韦伯，说自己有资格当他的召主。

这是把韦伯和那位人称神童的知名天才讲师，从前自己根本无法望其项背的艾梅罗伊爵士放在天秤的两端相互比较，而且秤盘还是朝韦伯的方向倾斜。

终于有人认同自己的价值了——仔细一想，这是他懂事以来的第一次。

从前他一直认为别人的赞许一点价值都没有，因为得到他人赞赏而沾沾自喜反而是一种愚蠢。以前从来不曾受人关注的少年一直如此深信不疑。

所以现在韦伯不晓得该如何面对心中这股让人感到别扭的喜

悦之情。他无法压抑欣喜不已的心，但是自尊心又不允许他这样得意忘形。

那个从灵既傲慢又狂妄，在他的心中大概没有一点对召主的敬重之意。不但如此，他甚至从来没有用名字称呼过韦伯——自己是否应该对他抱持感谢之意，就连之前那些诸般羞辱自己的行为也一笔勾销呢？因为他是第一个赏识自己价值的人……

“……”

心中的念头混乱杂沓，韦伯把头缩进毛毯底下。从现在开始，今天一整天到底要拿什么脸去面对那个巨汉从灵才好……

此时韦伯突然发觉今天早上他没有听见平时从身边不远处发出的震天响的鼾声。

韦伯用力掀开毛毯，探头一看，原本应该还在地板上睡觉的Rider竟然不见人影。他那么不喜欢灵体化，绝对不会没理由就隐形。就算他真的隐形了，韦伯至少也能判别出自己从灵的气息在哪里。Rider现在不在这个房间里。

韦伯试图冷静下来好好思考。今天早上自己睡过头了，所以Rider先起床也没什么好奇怪。可是……问题是现在他不在这里，也就是说Rider现在正在韦伯不知道的某个地方任意乱晃——

走廊的阶梯传来阵阵沉重的脚步声。

那种听习惯的沉重质量感本来已经让韦伯放心了一半，但是他马上察觉这脚步声代表的意义，脸色又变得苍白。

“哦，你醒啦，小子。”

Rider巨大的身躯慢吞吞从房门穿进来。就算韦伯已经看习惯了，那件厚重的胸甲还是和日常生活与一般常识非常不搭配，十分怪异。韦伯当然瞒着麦肯吉夫妇，没有把从灵的事告诉他们。要是让那对老夫妇看见这种荒诞不经的玩意儿，一惊之下搞不好立刻就让施加在他们身上的催眠术破功。

所以对于平时坚决不肯化为灵体过日子的Rider，韦伯一直三令五申要他至少待在二楼房间里不要出去——直到今天早上。

“……你……你就穿这样子下楼吗？”

“别紧张。如果你是担心家主老夫妇的话，今天一早就出门去了。可是他们不在的时候有人来送货，所以朕就去拿了。”

总之，知道Rider没有和家主碰面让韦伯先松了一口气，但是听见Rider说的话，他察觉事态更加严重，脸上更是毫无血色。

仔细一看，Rider手中拿着一个贴有快递传单的小包裹。

“……你就这身打扮……到门口？”

“这有什么办法。有使者送东西来，总不能不慰劳一句话就这样让他回去吧。”

为时已晚，就算想掩饰都已经来不及了。

现在他只能想，幸好看到Rider的不是每天都要见面的同居人，只是路上萍水相逢的陌生人。说不定一个穿着希腊化时代铠甲的壮汉住在这个家的传闻会从送货员的口中传出，也只能希望这传闻被别人当作一个不好笑的笑话了。

“我说，这包裹又不是给你的，慰不慰劳和你有什么关系？”

“不，收到一看才知道这包裹是寄给朕的。”

“……什么？”

Rider洋洋得意地把包裹拿给韦伯确认小包裹的收件人名称——上面整齐地写着“冬木市深山町中越2-2-8麦肯吉宅·征服王伊斯坎达尔大人收”这种笑死人的内容。寄件人是“角色商品专科难波店”。

“……给我解释清楚，Rider。”

“我尝试买一次那种邮购的东西。《世界军事月刊》广告栏里有一件商品还蛮吸引人的。”

“邮购……”

这么说来，韦伯回想起几天前当他一如往常依照 Rider 的要求出门采买军事相关的杂志以及录像带的时候，不知道为什么购物清单里多了一项标准明信片。那时候韦伯也不知道 Rider 买明信片要做什么。不对，那时候他已经差不多快要放弃尝试去了解了。

“你到底是从哪里学到这种知识的？”

韦伯可不认为圣杯给予的知识里有包含邮购这一项……他真心希望里面没有包括这种常识。

“嗯？这种简单的小事在书本里或是录像带最后不是都有写吗？只要仔细慢慢看就很清楚啦。”

“你什么时候跑去投递……还有，你哪来的钱！”

“没问题，朕申请使用的是货到付款的方式。”

Rider 一边开朗地大笑三声，一边随手把钱包扔还给韦伯。看来他似乎是趁召主熟睡的时候自己拿走了钱包。

不管怎么说，他可是一个没常识到当真想要买隐形战斗机的家伙，说不定会抱着好玩的心态买下什么高价商品。韦伯还来不及生气就已经先急得眼泪都要掉下来，赶紧确认自己的钱包。

结果当他看到万元钞的张数没变，只少了几张千元钞票之后，安心地深深叹口气。因为安心而过度放松，一个不小心就忘了要对 Rider 擅自拿走钱包的事发脾气。这位少年对自己的笨拙没有一丝自觉，不晓得对他究竟是幸运还是不幸。

Rider把韦伯撇在一边，兴高采烈地哼着歌打开包装，发出一声赞叹，把包裹中的东西高高拿起。

“很好很好，朕很喜欢！实物比照片上看起来还要更加出色。”

“……T恤？”

那是一件XL尺寸，看起来颇为廉价的短袖印花T恤。一个主题标志“Admirable（绝妙）大战略Ⅳ”结合世界地图印在胸口处。看来这是杂志封面特辑里随附的游戏周边商品。

“来着正好。看到昨天Saber的打扮，朕也刚好有所感触。只要穿上现代风格的服装，即使以实体到街上走动你也不会有意见了吧？”

这位英灵厌恶灵体化——或者应该说喜欢化为实体的倾向对韦伯是一项不算轻的负担，没想到他不但要实体化，还开始计划到外面溜达。虽然现在已经来不及了，但是韦伯真的很想把昨晚让他的从灵萌生这种想法的Saber与召主诅咒到死。

另外一方面，Rider则是马上穿起新衣服，一个人喜滋滋地摆起姿势来。

“呼哈哈！竟然能把世界地图放在朕的胸膛上。实在是痛快！”

“哦，是喔。”

干脆就这样拉起毛毯闷头睡回笼觉好了。这样就可以把Rider那穿着印花T恤，雀跃不已的模样从视线中赶出去，逃到美好的梦乡里。韦伯越来越觉得对现在的自己来说这是最好的选择。等到下次他睁开眼睛的时候，说不定这个世界会变得比较正常一点。

可是这个让人心动的选项却因为Rider接下来的行动而不得不放弃。

“……喂，Rider。等等，你等等！”

Rider若无其事地就要走出房间，韦伯赶忙把他叫住。

“你现在要去哪里？”

“当然是要上街去，把征服王这身崭新的威容展现给百姓们看看。”

在十一月份的寒冷天气当中穿着短袖T恤的样子已经够奇怪了，但是还有一个更加严重的问题，在Rider壮硕的身躯上，除了一件T恤之外什么都没穿。

“出门之前先穿上裤子！”

“嗯？哦哦，你说绑腿啊。听你这么一说，在这个国家每个人都穿戴绑腿呢。”

没有穿内裤的古铜色巨汉觉得有些困惑，拳头按在额上转了几转之后，以一脸认真的表情向韦伯问道：

“那个是一定需要的吗？”

“绝对不能少啦！！”

用不着洗脸，韦伯就已经完全清醒过来了。

虽然因为刚睡醒，脑袋还不是很灵光，但是自己刚才竟然差点就要接纳这个没有脑筋、没有知识也没有常识，和大猩猩没两样的肌肉笨蛋。一想到这里，不晓得因为悔恨还是羞耻，韦伯心中对自己感到愤怒不已。

“话先说在前头，我绝对不会为了你大老远上街去买特大号的裤子。”

“什么！？”

Rider夸张地睁大眼睛，冲到韦伯跟前。但是韦伯已经吃了秤砣铁了心——他今天绝对不会退让。

“小子，难道你对朕的霸王之道有意见吗？”

“霸王之道和你的裤子根本彻彻底底！从头到尾！完完全全八竿子打不着！在你打算到外面逛街游玩之前，至少先宰掉一个敌方的从灵！”

“真是个毛毛躁躁的家伙。要和从灵对打的话什么时候都可以，不是吗？”

“那你现在就去！现在就去随便打倒一个人！这样的话，你要裤子还是什么东西我都买给你！”

Rider发出低沉凶猛的咕哝声，不再说话。

“……原来如此，朕明白了。你发誓反正只要摘下敌人的脑袋，到那时候你就会买裤子给朕穿，对吧？”

和韦伯的预料不同，没想到Rider这么轻易就让步，反而让韦伯觉得有些无力。

“……我说你啊，这么想穿这件T恤在外面晃吗？”

“那个骑士王小妮子都已经有过这种经验了。身为王者，朕当然不能落于人后——更重要的是朕喜欢这件衣服的图样，非常适合当作霸者的服装。”

这个超乎想象的笨蛋竟然被人当作英雄流芳百世，这该不会是过去的历史学家们所开的一个天大玩笑吧？韦伯开始思考这个横跨数世纪的神秘谜团。

就在这个时候，有一股既低沉又遥远的爆裂音轰地一声撞进韦伯的耳中。不对，正确来说那并不是声音。虽然韦伯差点误以为这是听觉感受到的刺激，但其实那是一阵波动，触动韦伯身为魔术师所锻炼出来的灵能知觉——也就是说那是魔力的脉冲。

“什么？刚才那声……是来自东边吗？”

身为从灵的伊斯坎达尔好像也听见刚才那道无声之声了。

韦伯打开窗户朝外面一张，可以看见在晴朗的天空上有一道类似烟雾的物体缭绕。看起来就像是刚刚飞上天的烟火残渣，但是那阵烟雾就像被打碎的云母一样闪闪发光，显然不是一般的烟尘。

虽然韦伯能够清楚看见那道烟雾，但是与魔术无缘的一般群众看不见。刚才那道声音也一样，在常人的耳里听起来就只是鞭炮程度的声响，可能是有人引爆了混入某种咒香的火药，射上天空的物体简单说来就像是利用魔力点缀色彩的烟火。

“那个方向……我记得那是冬木教会附近吧。”

韦伯是参与圣杯战争的召主，拥有相关的基本知识，他很快便察觉这阵烟雾是什么意思。

如果没记错的话，当监督战争的圣堂教会监督者有什么重大的决定事项要通知各位召主的时候，就会利用那种狼烟传递信号。想要同时把消息传送给不知各自身在何处的召主们，这的确是最合适的办法。

“那和我们有关系吗？”

听见 Rider 这么问道，韦伯有些不知道该怎么回答。

“要说有关系的话也的确有关系啦，谁知道呢……”

实际上，韦伯没有到冬木教会向监督者表明自己的召主身分。

只要有人带着从灵来到冬木之地，届时那个人身为召主的身分就会自动确立。既然这样，何必在乎教会的脸色——那时候韦伯是这么判断的。第一，他拿到圣遗物的手段与经过实在不值得拿出来说嘴。去了教会可能还会给自己平白惹出一身麻烦。

话虽如此，韦伯也不能对刚才出现在东方天际的召集狼烟视而不见。就他所知，这种状况前所未有，监督者召集所有的召主到底有什么事……他能够想到的就是变更某些规定，或是什么带有限制条件的通知事项，可能还会有其他相关情报公开也说不定。

有没有获得这些讯息可能会成为左右今后战斗的关键。考虑到必须收集与战局有关的情报，说不定还是应该去听听监督者要说什么事。如果那件通知事项会成为绊脚石的话，到时候只要充耳不闻，当作没听过就好了。

“……Rider，买裤子的事之后再说。在那之前我们有工作要先做了。”

“到底是什么事情，真是讨厌。难得今天天气这么好，正适合出外散步呢！”

韦伯撇下一脸不快的 Rider 不管，开始着手准备。

-138：15：37

一股深沉的黑暗盘踞在信众席上。

这片不寻常的黑暗含有极为浓密的妖气，让言峰璃正神父感到背后一阵冰凉。

来集合的人数还比想象的还多——老神父心中带着这种讽刺的想法，面对黑暗中诸多注视着自己的视线露出苦笑。

发出召集召主的信号之后已经过了一个小时，没有一位召主是毫无防备，直接大剌剌出现在冬木教堂。取而代之的是由召主所派出的使魔，正好有五只。除了表面上已经淘汰出局的绮礼，以及可能连信号的意义都不知道的Caster之主龙之介之外，所有召主都已经到齐了。虽然全员到齐，不过没有一个人向教会致意，他们只是想来听听教会有什么事情而已。

就连与教会共同演出这出假戏的远坂时臣也没有缺席，派遣使魔参加。那么剩下四只使魔应该就是艾因兹柏恩、间桐以及两位外来召主……这么一来就等于证实在冬木凯悦饭店的大爆炸中行踪不明的艾梅罗伊爵士还活着。

“看来没有哪一位仁兄想要尽点礼数，彼此打个招呼了。那么容我开门见山，直接说明要告知各位的事情。”

虽然开头话说得讽刺，但是老神父的语调却是平平淡淡，对着无人的信众座位——至少没有一位听众是“人”——开始说道：

“这场引导各位成就宿愿的圣杯战争现在正面临重大的危机。

本来圣杯只会把它的力量分给追求圣杯的人，让他们能够和从灵缔结契约。可是现在却出现了一位背叛者。他和他的从灵忘了圣杯战争最重要的意义，开始滥用圣杯借予的力量来满足自己浅薄低贱的愿望。”

神父不禁依照平时传教的习惯，停下来观察听众的反应。可是隐藏在信众席阴影当中的魔性当然依旧不发一语地潜伏着。老神父干咳一声，继续说下去：

“关于 Caster 的召主。我们已经知道这个人就是目前在冬木市引起骚动的连续杀人案以及连续绑架事件的犯人。他驱使从灵犯案，而且还对犯案痕迹置之不理。这种重大的违规行为会导致什么结果——相信不需要我对各位明说。”

虽然使魔们没有任何反应，但是借由使魔的视觉以及听觉窃听璃正说话的几位召主应该都很惊讶吧。今天早上时臣听到消息时也是一样，做为一位魔术师，那是理所当然的反应。

“他和他的从灵不只是在座诸位每一个人的敌人，更是对召唤圣杯仪式造成威胁的危险因子。所以在此我要动用非常时期之下的监督者权限，暂时变更圣杯战争的规则。”

璃正口气严肃地宣布过后，卷起僧衣的右手袖子，露出右手腕。

那只手臂虽然因为年老而有些细瘦，但是筋骨结实，看得出来壮年时期经过相当精实的锻炼……手臂上从手肘到手腕密密麻麻地布满刺青图样——不，那并不是刺青，对圣杯战争的召主来说，那是他们最熟悉的东西。

“这是从过去的圣杯战争中回收，托付给我这位本届监督者保管的东西。这是在战斗结束前就失去从灵，淘汰出局的召主遗产——也就是他们用剩下的令咒。”

就是这些令咒树立了璃正身为监督者的权威。过去的召主没有用完，就这么遗留下来的令咒都交给他，由他担任管理者保管。

所谓的令咒就是圣痕，证明令咒持有人背负着圣杯所赋予的战斗使命。但是令咒除了代表一种宿命，另外还代表操纵从灵的控制装置。

虽然令咒附体本身就是一件奇迹，而显现在召主身上之后的刻印的确也是强力无比的力量，但那终究只是一种消费性的物理加持，可以用咒法的方式移植令咒，或是让渡与他人。

“我被赋予权限，能够依照我个人的判断将这每一道预备令咒让给任何一个人。对现在驾驭从灵的各位而言，这些令咒应该拥有相当宝贵的价值。”

四周沉默依旧，虽然璃正说话的对象是这些只会把所见所闻的情报传达给主子的使魔，不过他已经感觉到听众们正在专心倾听。

“所有召主立即停止彼此之间的战斗行为，尽全力歼灭Caster。作为特别措施，我将会把追加令咒赠予成功消灭Caster和其召主的人。

如果单独完成任务的话就给达成任务者一道我手腕上的令咒。如果与他人共同执行，就给予参加的人一人一道。确定Caster消灭的同时，再重新开始原本的圣杯战争。”

璃正神父把僧衣的袖子放下之后，首次在嘴角浮现讽刺意味的微笑，补上一句话：

“好了，有疑问者现在可以当场发问——前提是你们必须开口说人话。”

从黑暗中传出翅膀鼓动的声响，紧接着是唏唏嗦嗦在地上爬行的声音、轻巧的脚步声，静悄悄地消失远去。

监督者的说明简单扼要，没什么问题要问。每一位追求圣杯的竞争者都要为了新型态的竞赛而努力。既然决定了，就没必要在教会久留。

等到四周真正恢复无人的宁静时，独自留在礼拜堂的璃正神父想象着之后将会发生的事情，低笑几声。

如此一来，计划就万无一失了——接下来就算放手不管，饥饿的四头猎犬也会自己去攻击 Caster。

攻击目标的召主长相与姓名，还有 Caster 工房的大致位置都已经知道了，如果把这些情报公开的话一定可以让事情进展更顺利。但是这样可能反而招致其他人怀疑教会如何调查到这些消息，惹出不必要的麻烦。这些借由 Assassin 获得的情报现阶段只能秘而不宣了。

Caster 究竟能撑到什么时候呢？璃正等人也不期待一下子就会发展成六比一的包围战，他们不认为所有召主都会依照监督者的意见，把 Caster 和他的召主两人当作目标展开行动。对其他召主来说，猎杀 Caster 只不过是战争中的一段过程而已，真正重要的是如何在 Caster 消灭后重新展开的大乱斗中获胜。

每个人一定都非常渴望得到追加令咒吧。但是同样地，他们应该也不希望其他召主得到令咒。就算有额外分数进账，如果以后与自己为敌的人同样也得到分数的话，就失去了优势的意义。

因此与其为了更容易得到令咒而和他人合作，他们应该会想尽办法捷足先登，力求独占令咒。他们必定会使出妨碍手段，互扯后腿。

这就是璃正希望看到的局面。要是随随便便就让他们互相通气的话，想要让 Archer 在最后抢占渔翁之利就不容易了。

所有召主的动向都由已经被众人遗忘的 Assassin 逐一持续追踪。不管对手是谁，想要抢先他们一步都是轻而易举的事。绮礼实在做得很好，他只不过是学了短短几年魔术的魔术师，竟然可以成为这么高超的召主，驾驭从灵得心应手。这一点想必就连时臣都没料到吧。

为了信仰、为了教会，以及为了与故友之间的约定，璃正引以为傲的独生子正在发挥他特有的才能，努力工作。站在父亲的立场，这些成果让他感到无比的骄傲。